KB069443

어서 오세요,
좌충우돌 행복 교실입니다

어서 오세요, 좌충우돌 행복 교실입니다

초 판 1쇄 2023년 09월 13일

지은이 곽초롱, 김건, 김소희, 김율리아, 김정연, 김진수, 노이지, 라온제나쌤, 박혜진, 유영미, 유현미,
　　　　윤다은, 이지현, 장지혜, 정민경, 최혜림, 하나, 허영운, 황재흠
펴낸이 류종렬

펴낸곳 미다스북스
본부장 임종익
편집장 이다경
책임진행 김가영, 신은서, 박유진, 윤가희, 정보미

등록 2001년 3월 21일 제2001-000040호
주소 서울시 마포구 양화로 133 서교타워 711호
전화 02) 322-7802~3
팩스 02) 6007-1845
블로그 http://blog.naver.com/midasbooks
전자주소 midasbooks@hanmail.net
페이스북 https://www.facebook.com/midasbooks425
인스타그램 https://www.instagram/midasbooks

ISBN 979-11-6910-324-4 03810

값 20,000원

미다스북스는 다음세대에게 필요한 지혜와 교양을 생각합니다.

어서 오세요,
좌충우돌 행복 교실입니다

대한민국 교사의 고군분투기

미다스북스

몽글책학교란 몽글몽글한 교실 속 이야기를 글과 그림으로 풀어내는 교사들의 글쓰기 프로젝트입니다. 평범해 보이는 교실, 그 안에 의미를 담아 한 권의 책으로 풀어내는 교사 버전의 〈좋은 생각〉을 꿈꾸고 있습니다. 많은 선생님께서 교실 속에서 이뤄지는 의미를 발견하여 학생과 교사가 모두 행복한 교실이 되었으면 좋겠습니다.

어서 오세요, 좌충우돌 행복 교실입니다

어서 오세요,
좌충우돌 행복 교실입니다

지난 몇 달은 제게 참 의미 있는 시간이었습니다. 교사들의 글쓰기 모임인 '몽글책학교'에 참여해 교육에 진심인 열아홉 분의 멋진 선생님들을 알게 되었고, 그분들과 함께 매일 글쓰기 프로젝트를 시작했습니다. 밀알샘 김진수 선생님이 기획하신 이 모임은 몽글몽글한 교실 속 이야기들을 발견하고 기록하자는 의미를 담고 있습니다. 자발적으로 글쓰기 모임에 참여한 열아홉 분의 선생님들은 각자의 삶을 살아가며 교실 속에서 만난 아이들, 학교, 동료 교사, 자기 자신에 대해 관찰하고 성찰하여 꾸준히 기록했습니다.

매일 글을 쓰는 일은 쉽지 않았습니다. 글을 쓰는 시간과 장소를 확보부터 하는 것이 제일 중요했습니다. 아무리 바쁘고 힘들더라도 그 시간, 그 장소에서 무슨 일이 있더라도 글을 쓰는 것을 최우선으로 하는 굳은 의지가 필요했습니다. 바쁜 학교생활 틈틈이 글감을 생각하며 단 몇 줄의 글을 써보고자 노력했습니다. 어떤 선생님은 출퇴근 시간을 이용해서 버스나 지하철에서 글을 쓰셨고 또 어떤 선생님은 모두가 잠든 새벽 시간을 활용하셨습니다. 자정이 넘은 시간 아이들 재워놓고 글을 쓰시는 선생님들도 계셨지요. 선생님들의 교단 일기는 시간을 가리지 않고 수시로 패들렛에 올라왔습니다. 글벗들은 서로의 글에 댓글을 달며 고된 하루를 보낸 동료들의 삶에 위로와 공감의 이야기를 나누었습니다.

만약 혼자 글쓰기를 하라고 했으면 아마도 성공하기 어려웠을 것입니다. 하지만 김진수 선생님과 유영미 선생님은 우리 선생님들의 글쓰기 감독과 코치로 앞에서 밀어주고 뒤에서 힘을 실어 주셨습니다. 특히 유영미 선생님은 언제나 밝고 유쾌한 미소로 여러 선생님을 응원하며 글을 쓰며 사는 삶이 얼마나 행복하고 가치 있는 일인지를 몸소 증명해 보이셨습니다. 새벽에 글을 쓰신다는 김진수 선생님의 이야기에 저도 따라 해 봤습니다. 오롯이 나 자신에게 집중하며 글을 쓰는 그 시간이 정말 소중하고 행복하게 느껴졌습니다.

몽글몽글 글쓰기 체험을 통해 소소하지만 든든한 글쓰기 근육이 생겼습니다. 평범하다고 여겼던 일상의 순간들이 글감으로 변화하게 되니, 삶의 모든 순간이 귀하게 여겨졌습니다. 학교에서 만나는 아이들의 모습도 예전과는 다르게 보였습니다. 아이들의 행동, 태도, 말까지도 더 주의 깊게 관찰하고 기록하게 되었습니다.

여기 평범해 보이는 교육의 일상을 담담히 적은 열아홉 분 선생님들의 이야기가 있습니다. 이 책은 크게 교육, 배움, 사랑 이렇게 세 주제로 나누어져 있습니다. 1부에서는 아이들과 함께 성장하는 교실 속 이야기를 담았습니다. 2부에서는 가르치고, 이해하고, 서로의 존재를 받아들이는 배움의 과정을 기록했습니다. 3부에서는 교실 속에서 찾은 기쁨과 슬픔의 순간을 적어보았습니다. 혼자만 알기 아까운 교직 생활의 꿀팁들은 에피소드 말미에 따로 정리해 두었습니다. 먼저 교직을 경험한 선배들이 후배 교사들에게 전해주는 교무 수첩 속 기록이라고 생각해도 좋습니다. 교실 속 삶의 흔적을 성실히 기록해 놓은 선생님들의 글에서 아이들을 향한 따뜻한 시선이 느껴집니다. 힘든 현실 가운데에서도 묵묵히 교실을 지키고 있는 대한민국 모든 선생님을 응원합니다.

'몽글책학교'에 참여한 일이 인생의 터닝포인트가 된
교사 김정연

차례

1부

교육 :
교사와 아이들이 함께 성장하는 교실

2부

배움 :
가르치고, 이해하고, 받아들이는 순간

3부

사랑 :
교실 속에서 찾은 기쁨과 슬픔

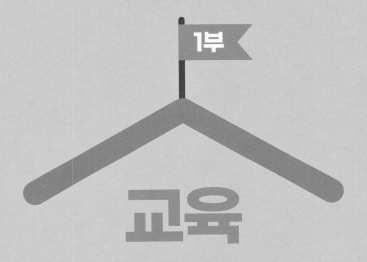

1부

교육

교사와 아이들이
함께 성장하는 교실

눈이 맑아지는 명상 수업

곽초롱(창원교동초등학교)

6학년이 감자를 수확했다. 우리가 심은 오이도 얼마나 자랐는지 궁금하다는 아이들 성화에 텃밭에 가기로 했다. 아이들을 먼저 보내고 혹시 필요할지도 모를 장갑과 가위를 챙겼다. 한참 물건을 담고 있는데 갑자기 1층 중앙현관에서 쩌렁쩌렁한 고함 소리가 들린다. 우리 반 길동이다.

"내가 안 밀었다니까?"
"밀었잖아!"

온 학교에 길동이 목소리만 들린다. 당황스러운 마음에 황급히 내려갔다. 길동이 목청이 어찌나 좋은지 교무실에서 계시던 교무부장님과 교감 선생님까지 중앙현관으로 슬그머니 나오시는 모습이 보인다. 서둘러 발걸음을 옮기며 변명을 해본다.

"아~ 애들이랑 텃밭 가 보려는데 제가 잠시 자리를 비운 사이 싸움이 일어났나 봐요. 제가 잘 이야기하겠습니다."

"어이구. 길동이…."

길동이 이름을 한 번 부르고는 교감 선생님과 교무부장님은 다시 교무실로 들어가신다. 서로 고함을 내지르는 아이들 사이로 내가 등장하자마자 여기저기서 하소연 잔치가 시작된다.

"선생님~ 길동이가요~."

"제가 안 했어요."

"했잖아!"

"우리가 신을 꺼내고 있었는데요~."

"길동이가 순이를 쳤어요."

"아니! 내가 안 했다니까. 안.했.다.고!!!!!!!!"

사건과 관련 없는 아이들은 텃밭에 가서 작물을 관찰하라고 한다. 단호한 나의 말에 하나둘 아이들이 슬금슬금 사라지고 세 명의 아이가 남았다. 자초지종을 들었다. 신발을 꺼내며 길동이가 순이와 영희를 밀었다는 거다. 길동이는 세상 답답하다는 표정으로 자기는 하늘이 무너져도 절대로 순이를 민 적이 없단다.

급하게 가려다 부딪혔을 수도 있겠다는 내 생각을 말하는 순간 자기만

급하게 간 것이 아니라는 길동이의 물귀신 작전이 곧바로 시작된다. 하지만 나에겐 통하지 않는다. 얼른 화제를 전환했다.

"그래. 다들 바쁘게 가다 보니 자기도 모르게 부딪혔나 보다. 애들이 너한테만 몰아붙여서 억울했지?"

길동이의 억울함을 알아주는 한 마디에 길동이는 갑자기 순한 양이 된다. 아무 말 없이 소처럼 크고 슬픈 눈망울을 끔벅거리며 고개만 끄덕인다. 풀죽은 길동이 모습이 가엽기도 하지만 아직 문제 해결이 남았다. 순이 어깨에 부딪히는 걸 보았냐는 나의 물음에 영희는 똑똑히 자기 눈으로 봤다고 한다.

"길동아, 영희도 너도 거짓말하는 아이는 아니잖아. 아마 너도 모르게 순이 어깨에 부딪혔나 보다. 몰랐지?"

길동이는 말없이 다시 한번 고개만 끄덕인다. 넌 부딪히는지도 몰랐지만, 순이는 아팠을 것 같다는 나의 이야기에 잠잠해진 길동이가 나지막한 목소리로 말한다.

"내가 모르고 신으로 어깨를 쳐서 미안해."
"괜찮아."

학교를 뒤엎을 듯 하늘로 솟구쳤던 길동이의 목소리는 그렇게 잦아들었다. 덕분에 텃밭 수업을 무사히 마무리하고 아이들을 집으로 보냈다.

마침 오늘은 길동이가 방과 후 나와 1대1 수업을 하는 날이다. 길동이 혼자 교실에 남았다. 표정을 보니 아직 조금 전의 일이 완전히 잊히지는 않은 모양이다. 원래는 수학을 공부해야 하지만 오늘은 마음공부를 제안한다. 우리 반만의 특별한 인성교육 프로그램이 있다. 바로 명상수업이다.

명상은 20년이 넘도록 나의 삶을 세워준 비기다. 명상을 통해 인생의 크고 작은 굴곡이 있을 때마다 다시 시작할 힘을 얻었다. 명상의 효과를 본 지 10년이 넘어갈 무렵부터 내가 만나는 아이들의 마음이 건강하길 바라며 교실에서 명상수업을 하고 있다. 아이들은 순수하다. 짧은 시간에도 참 많이 변한다. 하루하루 밝아지는 아이들의 모습은 나를 웃게 하고 또 울게 한다.

오늘은 특별히 길동이 맞춤식으로 억울했던 일을 비워보기로 한다. 많은 어른이 어린이들 인생의 무게를 가볍게 여긴다. 하지만 그건 어디까지나 어른의 편협한 시선이다. 아무리 어린아이도 들여다보면 한없이 깊은 자신만의 마음 세계가 있다.

길동이에게 인생 그래프를 그려보라고 했다. 머뭇거리던 길동이는 조심스레 자신의 이야기를 써 내려간다.

　할머니가 동생이 나를 때렸는데 내가 동생을 때렸다고 했을 때 억울했
다.
　새엄마가 나를 밀어 욕조에서 팔이 부러졌을 때 속상했다.
　키 작다고 놀림을 받았을 때 분했다….

　길동이는 억울하고 속상했던 기억을 줄줄이 사탕처럼 끄집어낸다. 완
성된 길동이의 인생 그래프를 들여다보니 롤러코스터 같다. 자신의 상처
를 드러내는 것은 어른인 나에게도 어려운 일이다. 길동이가 써 내려간
글을 보니 마음이 저린다. 이 조그만 아이가 얼마나 힘들었을까? 나도
모르게 울컥해진다. 자신을 마주할 용기를 낸 길동이가 고맙다.

　"길동아, 너 엄청 억울하고 속상했겠다. 넌 이렇게 억울하거나 화가 나
면 보통 어떻게 행동해?"
　"…소리를 지르거나 욕해요…. 집에서는 게임을 해요. 게임을 하면 스
트레스 풀려요."
　"그랬구나, 오늘은 욕이나 게임 대신 선생님이랑 명상해볼까?"
　"…네."

　길동이는 눈을 감고 명상을 한다. 힘들었던 것들을 마주하고 비워간
다. 눈을 감고 있는 길동이의 표정이 일그러졌다 펴지기를 반복한다. 그

렇게 길동이는 자신을 마음을 정리한다. 명상을 마친 길동이가 활짝 웃으며 말한다.

"선생님~ 시력이 마이너스였는데 1.0이 된 거 같아요. 눈이 맑아졌어요. 속도 뻥 뚫리고요."

길동이의 얼굴이 맑고 밝다. 길동이가 웃으며 가방을 챙긴다.

"명상은 참 좋아요. 선생님, 저는 열 살인 지금이 제일 행복해요."
"그래? 왜 그럴까?"
"좋은 선생님을 만나서요. 안녕히 계세요~."

그렇게 또 감사한 하루가 간다. 우리 반이어서 고마워, 길동아!

어서 오세요, 좌충우돌 행복 교실입니다

선생님의 행복을 교실로 가져오세요.

우리는 교사이기 전에 '나'라는 사람입니다. 선생님의 삶을 먼저 살펴보세요. 분명히 소중하고 귀한 것들이 있을 겁니다. 영화를 좋아하거나 책을 많이 읽을 수도 있습니다. 운동을 즐기거나 저처럼 명상을 할 수도 있지요. 어떤 것이라도 좋습니다. 선생님을 행복하게 하는 것을 아이들과 나누면 교실에서의 시간이 한층 깊어질 것입니다.

예전의 저는 학교 안에서의 나와 학교 밖의 나를 다르게 여겼습니다. 그러다 보니 '퇴근하면 행복한데 출근하면 왜 이렇게 힘들지?' 하는 생각을 하곤 했습니다. 하지만 어느 순간 내가 좋아하는 것, 나를 행복하게 만드는 것을 아이들과 함께 나누기로 마음먹었습니다. 그 선택은 교실에서의 시간을 풍요롭게 변화시켰습니다.

선생님을 행복하게 하는 것은 무엇인가요? 바로 그걸 아이들과 나누어 보세요.

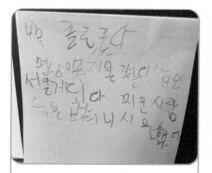

너무 졸렸다. 명상이 뭔지 몰랐는데
하면서 알게 됐다. 미운 사람들을 버
리니 시원했다.

나의 기억에서 슬픈 기억, 화난 기억
을 버렸다. 놀란 기억도 버렸다. 마음
이 통쾌하게 비워졌다. 재미있었다.

명상하니 버리기 어려웠고 힘들었지
만 다 끝내버리니 개운하고 온화한
느낌이 듭니다. 오늘 명상해 재밌었
고 즐거웠어요. 그리고 얼굴조차 기
억 안 나는 선생님도 떠올릴 수 있었
어요. 마지막으로 진짜 재밌었어요.

편안하고 눈이 맑다. 누나가 나를 놀
리는 거랑 싸우는 걸 버렸다. 마음은
시원하다. 그리고 상쾌하다.

명상수업 학생소감문

뇌물을 받았다

김건(배곧해솔초등학교)

뇌물을 받았다.

학생들에게 감사 글쓰기를 하도록 공책을 준비하게 했다. 감사 글쓰기를 보다 보면 선생님이 고생하신다고, 감사하다고 써주는 학생들이 꽤 많다. 아이들이 착해서인지 나의 적극적인 홍보가 통해서인지는 모르겠지만, 감사한 일들을 쭈욱 읽어가노라면 전자에 무게가 실린다.

가끔은 선생님 힘드실 텐데도 우리를 가르쳐주시고 길러주셔서(?) 감사하다며 천 원짜리 지폐 한 장이 공책 사이에 들어가 있기도 했다. 처음에 한 명이 지폐를 넣어두었을 땐 그저 웃고 말았는데, 두 번째 학생이 그랬을 때는 고마웠다. 지금 학년의 학생들에게 천 원이라는 돈은 일주일 용돈의 전부일 수도 있고, 그 전부를 나에게 주는 셈이니까. 물론 마음만 받고 돈은 전부 돌려줬다.

하은이는 평소 나를 많이 좋아해 주고, 예의 있는 말과 행동을 자주 보여주는 보석 같은 학생이었다. 종종 내 곁으로 와서 자신의 기분이나 기억에 남는 일을 미주알고주알 늘어놓는 귀여운 학생이었다. 그러던 하은이가 하루는 진지한 표정으로 다가와 말을 걸어왔다.

"선생님 요즘 힘드시죠?"
"조금 힘들긴 한데 괜찮아요! 걱정해줘서 고마워요. 선생님이 많이 힘들어 보였나요?"
"네…. 그래서 뭐라도 좀 드리려고요."
"선생님은 그 마음만으로도 충분해요! 따로 뭘 주거나 가져오지 않아도 괜찮아요. 설령 가져오더라도, 선생님은 마음만 받고 다 돌려보낼 거예요."
"알겠어요!"

그 마음만으로도 따뜻해지고 저 작고 조그만 학생이 나를 생각해주었다는 것이 참 기분이 좋았다. 쉬는 시간이 몇 번 지난 후에 하은이는 내게 다가와 조심스레 색종이를 전했다.

만 원이었다. 초록색 색종이에 숫자 10,000을 크게 쓰고, 돌하르방인지 세종대왕님인지 모를 의문의 그림을 그려 넣은 수상쩍고 하찮은 만 원이었다.

"선생님 고생 많이 하시는 것 같아서 제가 준비했어요!"

그 마음이 기특하고 웃겨 만 원짜리(?) 색종이를 들고 한참을 여기저기 자랑했다. 이건 정성이 담긴 색종이라 받기로 했다. 다음 날이 되어 학교에 와보니 어제의 만원은 뒤에 0이 가득 붙어 9경 원이 되어 있었다. 어제 나는 뇌물을 받았다.

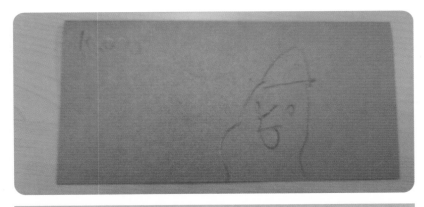

세상에서 제일 귀여운 색종이 만 원

그 마음만으로도 충분해요!

　제가 초임교사 시절부터 지금까지 항상 감사하며 연락드리고 있는 선생님께서 저를 보며 늘 제게 해 주셨던 말씀입니다. 초임 시절 넘치는 열정과 에너지로 학생들에게 많은 것을 더 해 주려 하는 마음이 있으실 것입니다. 하지만 그 마음만으로 충분합니다. 너무 많은 에너지를 쓰며 학생들을 대하면, 자신의 기대가 실망으로 바뀌게 되고 학생들에게 의도치 않은 상처를 받게 됩니다. 학생들을 위하는 마음만으로 충분하니 학교에서 쓰는 자신의 에너지를 아껴주세요.

　어서 오세요, 좌충우돌 행복 교실입니다

컷, 오케이

김소희(정왕초등학교)

나에게 역할놀이 수업은 꽤 까다롭게 느껴진다. 수업을 위해 준비할 것도 많고 수업 중 변수도 많기 때문이다. 그런데 저학년 교육과정에는 잊을 만하면 역할놀이가 나온다. 지난 통합교과 『여름』 시간에도 아이들과 가족과 친척에 대해 공부를 하고 단원이 끝날쯤 되니 어김없이 가족 상황극이 등장하였다. 왠지 무거운 마음으로 참고할 좋은 자료가 없을까 커뮤니티 자료실을 기웃거리다 유레카! 괜찮은 대본을 하나 발견했다.

우리 반 사정에 맞게 살짝 각색하고 보니 '오호, 이거라면? 해볼 만하겠다! 두 시간쯤 할애하면? 오케이!' 마침 금요일이다. 남은 에너지를 쏟아붓고 주말을 맞이하자 싶었다.

"먼저 대본을 잘 읽어보고 역할을 정할 거예요. 그런데 얘들아, 만약 같은 역할을 하고 싶은 친구가 여러 명이면 어떡하면 좋을까요?"

"가위, 바위, 보로 정해요!!"

역시 가위, 바위, 보는 깔끔하다. 공평하다. 아이들도 경험으로 안다.

각 모둠 대표들이 나와서 제비뽑기로 발표할 장면을 뽑았고 각자 맡을 역할까지 정한 팀은 이미 연습에 들어가고 있었다. 그때 두 명의 아이가 난처한 얼굴로 앞으로 걸어 나왔다.

"선생니임~ 민영이가아 어어…아무 말도 안 하고오 연습도 안 해요 오….''

"선생니임~ 민영이느은 아마 자기가 원하는 역할으을 못 해서 그런 것 같아요오."

민영이는 가위, 바위, 보에서 졌다. 규칙대로라면 남은 역할을 해야 하지만 민영이는 그 역할을 하고 싶지 않다. 이렇게 되면 갑자기 그 역할은 더는 누구도 원치 않는 안타까운 초개가 되고 만다. 양보를 바라기도 마음을 돌리기도 쉽지 않다. 마냥 기다리고 있을 수 없어 민영이를 불러내었지만 내 앞에서도 묵묵부답에 어느새 굵은 눈물만 흘릴 뿐 진척이 없다.

아, 맞다. 똑똑하고 자기주장도 분명한 민영이는 고집도 세다.

역할도 살짝 수정해주며 한참 만에 민영을 설득하고 슬쩍 시계를 보니 이미 한 시간이 훌쩍 넘었다. 급한 대로 연습이 된 것 같은 모둠을 불러

한번 시연을 시켜보니 고작 한두 문장인데 못 외운 아이가 반, 책을 읽는 아이가 반이다. 안 되겠다 싶었다.

"우리 조금 더 연습이 필요할 것 같아요. 주말 동안 대사도 외우고 필요한 준비물이 있다면 집에서 챙겨오거나 만들어 와도 좋겠어요." 찝찝하지만 어쩔 수 없다.

월요일 등굣길, 아이들 손에 케이크며 된장찌개며 꽤 그럴싸한 소품들이 들려 있다. 주말 내내 열심히 만들었나 보다. 다시 시연을 시켜본다. 이번엔 대사도 거의 다 외워진 것 같다. 힘입어 나도 조금 더 적극적으로 연기 지도를 해본다.

나보다도 급식을 많이 먹는 성준의 대사가 마침 "이야~ 이 돼지갈비 너무 맛있다!!"이다.
"아니 성준아, 돼지갈비가 너~무 맛있는데 표정은 왜 화가 나 있어~ 너 돼지갈비 엄청 좋아하잖아~ 이렇게, 이렇게 갈비를 잡고 뜯으면서 맛있게 한번 먹어봐!!"

평소에 인사를 곧잘 하는 지윤이는 먼 허공을 보며 큰고모 안녕히 가시라 한다.
"지윤아, 인사를 할 때는 누구를 봐야 하지? 자, 선생님을 너희 고모라 생각해봐! 그렇지. 활짝 웃으면서!!"

고학년 앞이라면 이내 마음을 접었을 발연기(?)를 1학년 앞에서는 나도 용기 내어 자신 있게 한번 해본다. 평소와는 다른 듯한 선생님을 흥미롭게 지켜보던 아이들 목소리가 덩달아 커진다.

발표 시간이다.

그럼에도 여전히 목소리가 작은 아이들을 염두에 둔 채비를 한 번 더 하고서는 진지한 분위기를 잡아본다. 시연도 하고 여러 번 연습도 해서 인가 대사도 모두 다 외우고 시키지도 않았는데 책걸상을 이용해 무대 공간도 그럴싸하게 꾸며내었다. 함께 마음을 쏟은 수업을 애매하게 끝내고 싶지 않아, 장난꾸러기들이 연기 중에 자기들끼리 눈이 맞아 먼저 웃는 바람에 흐지부지될라치면 역할극을 멈추고 다시 제대로 시켜본다. 아주 실감 나게 연기하는 아이가 나오면 크게 칭찬한다. 그렇게 거장 감독의 촬영장이라도 된 마냥 진두지휘하다 보니 어느새 한 시간이 훌쩍 지났다. 쉽지 않았지만, 감독으로서는 꽤 짜릿하게 만족스럽다. 이쯤에서 한번 물어본다. "얘들아, 너희들은 어땠니?" 역시 준비 과정이 힘들기도 했을 텐데 재미있었다고, 우리 모두 엄청나게 잘한 것 같다고 썩 뿌듯한 표정을 짓는다. 아마도 진하게, 짠하게 우리 서로 동기화된 것 같다. 마음속 잣대를 가늠해본다. 이 정도라면? 음, 이번 역할놀이 수업은 성공적이라 할 수 있겠다.

우리는 그렇게 함께 자란다. 좌충우돌 많은 시행착오와 도전 속에서 어떤 날은 이렇게 조금은 눈에 띄는 성장의 순간을 함께 경험하면서. 비슷한 기쁨을 느끼면서.

우리의 영화가 늘 오케이 컷만 있을 수 없다는 것도 안다. 그럼에도 그 감동을 주는 순간의 마음을 잃지 못해, 벅참과 설렘의 명장면을 조금 더 많이 만들어 내어보려고 기대와 최선으로 내일을 준비하는 것 아닐까.

수 번의 NG 끝에 오케이 컷이 오더라도

때로는 많은 준비가 필요하고, 계획된 시간을 초과하더라도 아이들과 교사가 함께 만들어 완성해보는 수업은 의미가 있습니다. 그 즐거움과 성취감은 또 다른 수업에 대한 기대감뿐 아니라 수업 그 이상의 무언가를 가져다주기 때문입니다.

교직 생활 중 최고의 순간

김율리아(안성초등학교)

평소에 많은 선생님으로부터 6학년이 가장 보람 있는 학년이라고 들었다. 아이들을 졸업시킨다는 점에서 진정한 제자를 탄생시킨다는 의미인 것 같았다. 그런데 6학년 담임에 대한 나의 인식은 '너무 힘들다'였다. 사춘기가 극에 달하고, 가르쳐야 할 과목도 많고, 학교 폭력 문제도 심각할 것으로 생각해서다. 어쩌다 보니 나는 6학년 담임을 맡게 되었고 눈 깜짝할 사이에 1년은 금방 지나가 버렸다.

돌이켜보면 작년 우리 반은 아이들의 합이 좋았던 것 같다. 장난꾸러기와 모범생 아이들이 적절하게 조화를 이루며 아이들끼리의 따돌림 문제도 없었으니 말이다. 물론 돌이켜보면 정말 나를 힘들게 하는 아이들도 있었기 때문에 그 기억은 많이 미화된 것이 틀림없다.

평소에 나는 담임교사로서 6학년인 아이들에게 중학교의 생활에 관해 이야기를 많이 해 주었다. 시험과 학교생활 모든 것이 초등학교와 다를 것이니 미리미리 적응해 두어야 한다고 했다. 예를 들어, 음악 교과서에 다양한 셈여림표가 나오는데 중·고등학교에서는 이런 것들을 모두 암기해야 시험 문제를 풀 수 있다고 하니 다들 벌써 질린 표정이었다.

내가 생각해도 초등학교 6학년의 삶과 중학교 1학년의 삶은 천지 차이인 것 같다. 과목마다 바뀌는 선생님과 시험의 유형도 크게 다르니까 말이다. 그래서 나는 아이들이 중학교에 올라가서도 적응을 잘할 수 있도록 미리 준비시키는 것이 내 역할이라고 생각했다. 필기하는 연습, 영어 단어를 외우는 방법, 학습 계획표를 작성하는 방법, 수학 공책에 오답 노트를 쓰는 방법 등을 말이다. 이런 나의 욕심에도 아이들은 잘 따라와 주었고, 눈을 떠보니 어느새 졸업식이 코앞으로 다가왔다. 작년 아이들의 졸업식은 2022년 12월 31일이었다.

때는 바야흐로 졸업식을 이틀 앞둔 12월 29일. 평소에 나는 8시에 출근을 하고, 일찍 오는 아이들은 8시 20분부터 교실로 와서 8시 40분이 되면 7~8명의 아이가 등교한다. 물론 몇몇 아이는 수업 시작 직전에 온다. 그런데 이날은 8시 40분이 되어도 아무도 등교하지 않았다. 나는 그냥 아이들이 졸업식을 앞두고 늦잠을 자는 것으로 생각했다. 평소에 지각을 자주 하는 한 아이가 교실에 가장 먼저 도착했다. 뭔가 이상했다.

'얘는 오늘 왜 이렇게 일찍 왔지?'

'나머지 아이들은 왜 오지 않는 거지?'

별별 생각을 하던 중 복도 신발장 앞에서 웅성거리는 소리가 들렸다. 평소에도 6학년 아이들이 복도에서 자주 만나 이야기를 하는 상황을 봐와서 이상한 상황은 아니었다. 그런데, 갑자기 앞문이 열리고 우리 반 아이들 전체가 손에 풍선과 현수막을 들고 교실로 우르르 들어오는 것이었다. 나는 그 순간 상황을 이해하지 못하고 얼어버렸다. 아이들이 "선생님 감사합니다! 존경합니다!"를 외치는데 눈물이 나올 것 같은 감격스러운 마음을 꾹 참고 말했다.

"이게 뭐야?!"

"이것 때문에 다 같이 모여서 온 거야?"
"정말 고마워 얘들아!"

나는 이 순간을 내 교직 생활 중 최고의 순간으로 꼽는다.

평소에 늦게 오는 아이들도 나를 위해 아침 8시 30분에 일찍 만나서 같이 풍선을 불고, 미리 현수막, 꽃과 케이크, 롤링 페이퍼를 준비했다는 사실이 감동적이었다. 나는 눈치가 빠른 편이라 이런 이벤트는 바로 알아차리는데 이번 이벤트는 전혀 몰랐다. 심지어 롤링페이퍼를 학교에서 썼다는데 나는 어떻게 이걸 몰랐을까?

이 순간 1년 동안의 힘들었던 기억은 사라지고 벅찬 감정이 물밀 듯이 밀려왔다. 수업 때 맨날 잠만 자던 아이, 나를 정말 힘들게 했던 아이, 나한테 혼만 나던 아이들도 있었다. 모두가 함께였다. 1년 동안 잘 따라와 준 아이들에게 고마웠고 그동안 더 잘해주지 못했던 것 같아서 미안했다. 평소에 '나는 아이들에게 어떤 선생님일까?'라고 자문했는데 이 고민이 '나는 존경받는 선생님이었구나!'로 바뀌는 순간이었다.

우리반 아이들의 깜짝 이벤트

아이들은 선생님을 사랑합니다.

　평소에 '나는 좋은 선생님일까?'를 고민하는 선생님들이 많습니다. 이런 고민을 하는 것만으로도 여러분은 좋은 선생님입니다. 아이들은 아이들이 직접 표현하는 것보다 선생님을 더 많이 사랑하고 있습니다. 아이들을 위해 열심히 고민하고 함께 생활하다 보면 몸과 마음이 지치고 힘들 때도 많습니다. 그럴 때마다 이런 순간들을 떠올리며 교사가 되고자 했던 이유에 대해 한번 생각해보세요. 이런 순간은 여러분을 버티게 해 주는 힘이 됩니다.

아이의 눈빛이 반짝이던 그때

김정연(서울덕의초등학교)

코로나로 인하여 모두가 원격수업을 했던 3년 전, 우연히 옆 반 교실 작품 게시판에서 2학년 어린이가 지은 동시를 보고 감탄했던 적이 있다. 제목은 바로 짜장면! 짜장면은 누구나 좋아하는 음식이지만, 특히 형제자매 몰래 부모님이 사 주신 짜장면이면 이건 완전 클래스가 다른 맛일 것이다.

당시에는 학생들끼리 최대한 접촉하지 않게 하려고 학년별로 등교일을 달리했다. 아마도 이 동시를 쓸 무렵, 아이는 누나랑 학교 가는 등교일이 달랐을 것이고, 식사 준비를 피하고 싶었던 어머님의 마음과 완전범죄를 준비하며 두근거리는 맘으로 특별식을 먹는 꼬마의 미소가 생생하게 그려졌다.

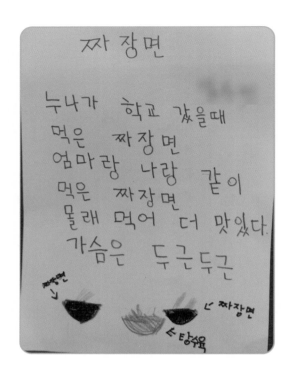

짜장면

누나가 학교 갔을때
먹은 짜장면
엄마랑 나랑 같이
먹은 짜장면
몰래 먹어 더 맛있다.
가슴은 두근두근

이 멋진 동시를 보고 나는 동요를 만들고 싶다는 열망에 사로잡혔다. 음악에 대한 그 어떤 기초 지식도 하나 없이 스스로 도전해서 만들어 낸 네 도막 형식의 작은 동요, 그때부터 지금까지 나만의 습작 노트에 차곡차곡 동요를 작곡하고 있다. 그래서 이 어린이가 만든 '짜장면'이라는 글은 내게는 잊을 수 없는 소중한 작품이 되었다. 그 후 몇 년의 시간이 지나고 2학년이던 그 아이는 늠름한 5학년이 되어 영어 교과 시간에 나를 만나게 된다. 물론 그 아이의 이름을 외우고 있었기에 몰라보게 자라난 우리 친구의 모습을 보고 무척 반가운 마음이 들었다.

그리고 바로 오늘, 음식의 이름과 맛의 표현을 배우는 영어 시간이 되었다. 그리고 나는 짜장면 동시를 쓴 바로 그 아이에게 아직도 짜장면을 좋아하냐고 물어보았다. 아이의 얼굴에 의아한 표정이 스쳤다. "너 2학년 때 우리 반 옆 반이었잖니. 네가 쓴 시가 너무 멋져서 선생님이 네 동시를 외우고 있었어. 들어봐! 이렇게 되는 시지?"

나는 숨도 안 쉬고 처음부터 끝까지 마치 랩을 하듯 그 아이가 지은 시를 외웠다. 그 아이의 눈동자가 커졌다. 모든 시선이 그 아이에게 집중되었다. 나의 동시 암송이 끝나자 아이들의 힘찬 박수가 이어졌다. 저 친구가 저렇게 시를 잘 쓰는지 몰랐다는 반응들이다. 동시를 쓴 아이의 눈빛이 반짝거리기 시작했다. 새로운 재능을 발견한 듯한 뿌듯함, 자부심이 가득한 자기 긍정의 에너지가 가득했다. 그 아이의 수줍은 미소와 반달 모양이 된 귀여운 눈꼬리가 눈에 선하다. 3년 전 그 아이의 동시, 사진으로 찍어 놓길 정말 잘했다.

어린이에게 받았던 감동의 순간을
기록으로 남기시거나 사진으로 찍어보세요.

우리가 학교에서 만나는 아이들은 모두 자기만의 장점이 있습니다. 수업 중 만나는 아이들의 모습 중 기억에 남는 순간을 사진으로 남겨 보시거나 교무 수첩 또는 나이스에 기록해 보시면 어떨까요? 분명히 어떤 순간 그 일을 어린이나 학부모님에게 칭찬해주실 순간이 올 겁니다. 아이와 부모님들은 선생님의 사랑을 진하게 느끼게 되고, 선생님을 더욱 믿고 신뢰하는 교육공동체로 끈끈한 유대감을 형성할 것이라고 확신합니다.

교사가 되길 잘했어

김진수(평택새빛초등학교)

스승의 날. 과거와는 달리 요즘에는 많은 교사가 꺼리는 날이 되었다. 교사에 대한 기대와 인식이 바뀌었는지 긍정적인 면보다는 부정적인 면이 부각이 되는 여론이 많은 것 같다. 어떤 이들은 아예 불미스러운 일이 발생하지 않도록 싹을 잘라야 한다며 스승의 날을 없애야 한다는 목소리까지 들리는 모습에 아쉬움을 달래곤 한다.

'교권 존중과 스승 공경의 사회적 풍토를 조성하여 교원의 사기 진작과 사회적 지위 향상을 위하여 지정된 날'이라는 의미로 지정된 스승의 날, 나에게 있어서는 지금까지 그동안 잊고 지냈던 제자들과 소통하는 의미 있는 날이다.

스승의 날. 밤늦게 한 통의 문자가 왔다. 반가운 이름에 문자를 보기 위해 눌러보니 간단한 문자가 아닌 긴 장문의 편지글이었다. 한 문장 한 문장 읽는 중 무언가 모를 가슴 벅찬 순간들과 마주하며 나의 교육적 터닝포인트가 되었던 2017년 그때의 나와 만날 수 있었다.

"진수쌤!! 늦은 시간에 죄송합니다. 절 기억하실지 모르겠지만 저 2017 년도 5학년 1반이었던 지영이에요! 벌써 6년이라는 시간이 흘러서 저는 고등학교 2학년이 되었어요. 초등학교를 졸업하고 한두 번 찾아간 뒤로는 정말 오랜만에 인사드리는 것 같아요.

18년을 살며 제게 가장 큰 도움과 용기가 되었던 선생님을 한 분만 말하라고 한다면 저는 진수쌤을 말할 거예요! 아직도 초등학교 때 선생님과 했던 즐겁고 유익한 활동들을 잊을 수가 없어요. 매일 아침 썼던 밀알일기, 선생님이 칠판에 적어주셨던 명언들, 저희가 직접 제작한 책 등등 선생님과 함께라서 가능했던 활동들이었던 것 같아요. 선생님 덕분에 제가 긍정적인 사고방식을 갖게 되었다고 해도 과언이 아닐 정도로, 선생님은 모든 학생에게 관심을 가져주시고 항상 좋은 말만 해 주시던 선생님이셨어요. 때로는 엄격하게 친구들이 올바른 길로 갈 수 있도록 인도해주시는 좋은 선생님이라고 말씀드리고 싶어요. 저는 이제 고등학교 2학년이 되어서 그때와는 많이 달라져서 새로운 친구들도 많이 사귀고 다양한 활동 하며 진로를 찾아가는 중이에요. 마냥 행복했던 초등학교 생활과는 아주 다르더라고요. 그래도 하루하루 긍정적으로 살아가려고 노력하고 있어요.

저는 과거로 돌아갈 수 있다고 한다면 초등학교 5학년 때로 꼭 돌아갈 거예요. 선생님과 함께했던 추억들이 너무 즐거워서 순수했던 그때의 감정을 다시 한번 느껴보고 싶어요. 아무튼, 저의 소중한 초등학교 시절 최고의 선생님이 되어주셔서 정말 감사하고, 건강하시고 행복한 일만 있으셨으면 좋겠어요."

눈시울이 붉혀진다. 두 엄지손가락으로 꾹꾹 눌러 적어준 문장에 귀한 사랑의 열매가 담겨 있었기 때문이다. 읽고, 또 읽으며 그때의 교실로 의식이 전환된다.

2017년은 밀알반 13기 친구들과 함께했던 해이다. 그때 나는 프란츠 카프카의 "일상이 우리가 가진 인생의 전부다."라는 문구를 읽으며 아이들의 일상, 나의 일상에 깊이 있게 다가갈 수 있었고, 그 덕분에 인생 첫 교육적 터닝포인트를 맞이하였다. 그때 아이들과 첫날부터 마지막 날까지 정말 열심히 살았다. '함께 성장'이란 바로 이런 것이라고 말할 수 있을 정도로 우리는 하나였고, 아이들을 올려보낼 때 한 명 한 명 너무나 뿌듯했던 기억이 난다. "제대로 학급을 운영할 수 있었다."라고 고백할 수 있을 정도로 최선을 다했던 해. 그 덕분에 나는 지금까지 흔들리지 않는 함께 성장하는 학급의 토대를 마련할 수 있었다.

아이들 하나하나의 삶이 보이기 시작했고, 190일간 열심히 기록했으며, 소통과 사랑으로 하나가 된 시간!

한 친구의 시처럼 「사랑 넘치는 밀알반」의 모습이었다.

사랑 넘치는 밀알반

- 김가영

사람 수 딱 좋고

랑(낭) 낭랑(?)하고

넘나 좋고

치사하지도 않고

는(은) 은제나(?) 밝고

밀치지도 않는

알찬 우리 반 친구들

반드시 꿈을 이루어 다시 만나자!

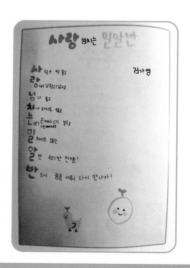

밀알반 13기 가영이의 시

나는 지영이에게 사랑을 가득 담아 답장을 보냈다.

"지영아 안녕! 내가 어찌 지영이를 잊을 수 있겠니. 우리는 평택 TV에 함께 나온 사인걸. 벌써 고등학교 2학년이 되었구나. 세월 참 빠르구나.

사실 고백하자면 2017년, 밀알반 13기 친구들과 함께한 시절이 선생님의 교육적 전환점이었단다. 그전까지는 그렇게 열심히 잘하지 못했거든. 다 지영이를 비롯한 너희들 덕분이었지.

그때 이후로 선생님도 교사로서 다시 태어날 수 있었다고 다른 분들께 늘 2017년 친구들과 함께했던 이야기를 자랑스럽게 말하곤 해.

내가 아는 지영이는 참 좋은 친구, 멋진 친구, 자신만의 색깔을 가진 친구, 사랑 가득한 친구, 앞으로가 더욱 기대되는 친구지.

'긍정적인 사고방식'을 갖고 있다는 말에 괜스레 눈물이 나는구나.

당시에도, 지금도 많은 부족한 1인으로서 지영이의 문자 덕분에 선생님의 교육적 세포가 다시 살아나는 기분인걸. 정말 고맙다.

오늘은 지영이가 지어준 5학년 시를 비롯하여 『밀알 한 줄 긋기』를 읽으며 그날을 기억해야겠구나. 소중한 문자 고맙다.

자랑스러운 지영이의 멋진 비전을 언제나 응원한다.^^♡

오늘도 귀한 하루 파이팅!"

교육이란 어떤 것일까를 돌이켜본다. 지영이의 문자 덕분에 교사가 되길 참 잘했다고 생각해본다. 스승의 날은 제자와 스승의 과거와 현재의 소중한 추억을 이어주는 교각이 되지 않을까? 다가오는 스승의 날은 어떤 가슴 벅찬 순간이 함께 할지 벌써 기대가 된다.

밀알반 13기 지영이의 시

밀알반 13기 시집 『밀알 한 줄 긋기』

아이들과 보람 있는
하루하루를 쌓아가세요.

190일이라는 하루가 있습니다. 그 하루하루가 쌓이면 아이들과 함께한 1년간의 삶이 정리되지요. 지나고 나면 아쉬움이 많아요. 좀 더 따뜻한 말 한마디 해 줄걸, 눈빛도 많이 마주칠 걸, 고맙다, 사랑한다는 표현을 한 번 더 줄걸…. 해 준 것보다 못 해 준 것이 아쉬움이 남습니다. 그런데 놀랍게도 아이들은 전혀 달라요. 교사인 내가 해 준 것을 더 기억하거든요. 우리 친구들이 보내주는 편지 글귀 덕분에 우리가 힘을 낼 수 있는 것 같습니다. 아이들은 선생님을 참으로 사랑한다는 것이 느껴집니다.

'선생님 자리'에 앉은 다짐

노이지(인천한들초등학교)

아직 불이 켜지지 않은 길고 긴 복도를 지나 교실 문을 열면, 가장 먼저 보이는 것은 큼직한 선생님 의자. 아이들이 등교하기 전에 이 커다란 의자에 앉아, 조용하지만 어쩐지 온기가 남아 있는 빈 교실을 지긋이 바라보는 것이 나의 오전 일과이다. 그리고 천천히 숨을 들이쉬고 내쉬며 이 자리의 무게를 가만히 느껴본다. 32명의 눈빛이 향하는 이 '선생님 자리'에서 교육을 실천하는 사람으로서 오늘 하루 동안 그들을 위해 또 어떤 일을 해낼 수 있을지 생각한다. 아래는 그 다짐과 마음가짐을 적은 시다.

( )에게

노이지

언제나 웃게만 만들 수는 없지만
웃는 순간을 함께할 것이며,

네 앞의 모든 돌부리를 뽑을 수는 없지만
잡고 일어설 수 있는 손이 되겠고
네가 걸어갈 발자취를 동행할 수는 없지만
내가 두드리며 건너온 길을 안내해 줄 테니

눈물을 흘리지 않게 할 수는 없지만
흐르는 눈물을 도닥여주겠고
너의 말에만 귀 기울일 수는 없지만
너의 마음에 늘 귀 기울일 테니

세상의 모든 이야기를 들려줄 수는 없지만
네 세상의 이야기는 언제든 들려주렴

　어릴 적, 담임 선생님이 말씀하시던 "선생님 자리에서는 다 보여!"라는 말이 무슨 말인지 '선생님 자리'에 앉아보고 나서 알았다. '선생님 자리'에서는 어린이들의 표정, 그날 그 어린이의 기분이 모두 보이더라. 이 세상에서 가장 행복해 보이는 얼굴로 즐겁게 모둠 놀이에 참여하는 모습, 학습 활동에 몰입하여 집중하며 보여주는 사뭇 진지한 모습, 주말에 있었던 일을 이야기하며 반짝거리는 눈빛들까지. 아이들이 나에게 전하는 모든 감정을 존중하고 사랑한다. '선생님 자리'에 앉아 아이들을 가만히 지켜보면서, 말로 표현하지는 않았지만 늘 마음 안에 새겨두는 다짐들이다.

누군가 교육이 무엇이라고 생각하느냐고 내게 묻는다면, 끝나지 않는 이야기로 기나긴 밤을 지새워가며 답변하고 싶다. 우리가 교실에서 마주하는 어린이들에게 실천할 수 있는 교육은 그 범위를 지정할 수 없을 정도로 서로가 서로의 존재에 깊게 영향을 줄 수 있기 때문이다. 따라서 교육은, 더 넓은 세상을 향해 더 큰 보폭으로 나아갈 어린이의 삶 전반에서 따뜻한 버팀목이 되어주는 것이다. 늘 같은 자리에서 변함없이 그들을 믿어주는 든든한 어른으로서 어린이들의 발자취에 은은하게 함께할 것이다.

'해주기'보다는 '함께'해주세요.

우리가 모르는 사이에 어린이는 기쁘기도 뿌듯하기도 슬프기도 아프기도 하며 또 다른 자신의 모습을 마주하고 성장합니다. 따뜻하고 친절한 어른으로서, 때로는 그들이 느끼는 슬픔과 성장통을 내가 직접 덜어내고 퍼내며 해결해주고 싶어지기도 합니다. 그러나 어린이 앞에 나타날 모든 돌부리를 뽑아낼 수 없는 만큼, 우리가 어린이에게 선물할 수 있는 것은 다치더라도 금방 털고 일어날 수 있는 단단한 마음입니다. 무엇이든 직접 해결해주기보다는 기쁨과 슬픔의 순간에 곁에서 '함께' 있어 줌으로써, 그들의 삶에 지속해서 힘이 될 수 있는 단단한 마음을 심어주세요. 함께하는 시간 동안 커다랗고 튼튼한 나무가 되어 오래오래 어린이들을 지지해줄 것입니다.

선생님도 처음이란다

라온제나쌤

학생을 가르친 지 12년이 되었지만, 난 1학년을 피해 다녔다. 전 학교에 처음 근무할 때에 교감 선생님은 1학년 부장과 담임을 부탁하셨지만, 아이를 키워본 적이 없다며 도망쳤다. 아이를 키워보지 않아 1학년을 가르칠 수 없다는 변명은 사실 말이 안 된다. 하지만, 1학년은 왠지 유리로 만들어진 아이들처럼 연약해 보이기도 하고, 나의 혼을 다 뒤집어놓을 것 같은 외계인일 듯도 하여 피하고만 싶었다. 새로운 학교에서 희망 학년 4순위였던, 그 1학년을 임명받았다. 아이들을 좋아하는 마음이나 아이들에 대한 책임감과 열정만큼은 내 생활 전체에서 비교할 대상이 없이 압도적이지만, 그래도 1학년이라니! 어지러웠다.

선생님들은 학교에서 아이들이 어떤 과정을 거치는지 대략은 알고 있고 짐작할 수 있다. 그런데 유치원에서 이제 막 올라온 아이들의 경험과 감각을 어떻게 공감할 수 있을까? 나의 경우엔 조카들 사진이나 비디오

를 통해 본 유치원 풍경이 전부였다. 일곱 살! 엄마 뱃속에서 나와 이제
만 7년 된 앳된 아이들이 내게로 온다. 유리알 같은 여리여리한 그 1학년
이! 심장이 마구 두근거리며 걱정되었다. 1학년 담임에게는 '극한 직업'이
라는 국민 별명이 있고, 학교에선 1학년 가산점까지 주고 있으니, 나에게
1학년은 '유리알'과 '괴물' 사이 그 어느 지점에 있었다.

몇 년 전에, 초등교사인 올케가 1학년 담임을 맡았기에 1학년 담임은
뭘 준비해야 하는지 물었다. 그녀의 대답이 기억난다. "언니, 1학년이면,
뭘 준비해야겠어요?", "글쎄… 뭘 준비해야 할까?", "미모요!!!", "…."
미모? 미모! 어린 아이들이 예쁘거나 멋진 선생님께 본능적으로 끌리
는 것은 자연스럽다. 어떻게 하지? 어떻게 미모를 3주 안에 만들어낸단
말인가? 그렇다면, 나는 무엇을 준비해야 할까? 일단, 1학년 동료 교사
들을 믿고 따라 갈 수밖에 없다. 나 빼곤 다 아이들을 키우고 있으며 또 1
학년 경험이 있으니 일단 그 분들을 따라 가자 생각하니 조금은 용기가
생겼다. 그리고 1학년과 관련한 연수를 집중적으로 들으며 한번 해 보자
는 투지가 생겼다.

입학 첫날, 강당에서 식을 마치고 교실로 돌아와 문득 고개를 들어보
니 수많은 눈동자가 나를 보고 있었다. 떨리는 눈빛들이 침묵 속에 나를
계속 쫓아다녔다. 부담스러웠다. 무슨 말을 해야 할지 머리가 하얘졌다.
나를 지켜줄 방패라도 되는 것처럼, 나는 1학년이 처음이라고, 교직 12년
하면서 1학년은 처음이라고 서둘러 밝히며 최선을 다하겠다는 말씀만 드

렸다. 그리고 우리 반 아이들 한 명 한 명 이름을 부르며 입학 허가증을 주었다. 어떤 아이들은 긴장을 감추지 못하고 엄마 손을 잡고도 몸의 반은 엄마 뒤에 숨기며 서 있다. 아이들이나 나나 모두 긴장하며 떨고 있었다. 똑같이 1학년 초보들이었다. '얘들아, 괜찮아. 선생님도 너희처럼 1학년은 처음이란다.'

같은 학교 공간에서 일어나는 일들인데 내게 1학년은 낯설고 새로웠다. 입학식에 학생보다 더 많은 학부모가 찾아오던 풍경도 낯설고, 수업 시간에 급식실에서 아이들에게 배식순서에 따라 밥, 반찬, 국을 담는 연습을 하게 하는 것도 학교에서 처음 해보는 소꿉놀이 같았다. 화장실에 데려가 한 명씩 화장실에서 오줌을 누고 손을 닦고 화장실 사용하는 법을 연습시키고, 풍선을 이용해서 용변 후 뒤처리하는 법을 알려주는 것도 모두 처음이었다.

지금 학교는 세 개 건물을 통합했기에 구조가 복잡하다. 처음 전입한 나도 '교무실'을 한 번에 찾아가지 못하니 1학년들에게는 그야말로 미로가 될 수도 있는데, 실제로 간간이 복도에서 교실을 몰라 헤매며 우는 아이를 발견하게 된다. 그래서 방과후교실 강사들은 팻말을 들고 캠페인하듯이 아이들을 찾아다니고, 누구든 헤매는 아이를 발견하면 교실까지 바래다 준다.

교실에서 조금만 늦게 나오면 복도는 북새통으로 변한다. 여기저기로 흩어지는 아이들 너머, 출입구 저쪽에는 병풍 친 듯 어머님들과 할머님들이 보인다. 눈치 없이 아직 할 말이 남은 선생님에게는 볼멘소리 또는 애원이 쏟아진다. "선생님, 늦어요! 엄마가 빨리 나오랬어요.", "선생님, 학원 차 타야 해요." 나는 먼저, 돌봄교실과 방과후교실 학생들을 보낸 후에 나머지 아이들을 서둘러 데리고 나온다. 아직 균형을 잡지 못해 휘청대는 아이들 손을 잡아주고, 신발을 신겨주며 아이들과 정문을 향해 진군(?)하기 시작한다.

요즘 학부모님들은 대부분 직장생활을 하기에, 부모가 일일이 돌볼 수 없는 상황에서는 학교 방과후교실과 학원으로 아이들을 맡긴다. 직장에 계신 분들이 아이에게 문제가 생겼다고 당장 달려올 수 없으니 퇴근 전까지 학생들에게 방과후 일과를 짜고 이 정해진 일정대로 아이들이 잘 이동하게 해야 한다. 5분이라도 늦는다면 학원차들은 출발할 테고 아이는 길가에 홀로 남아 있게 된다. 그러니, 이런 난감한 일이 생기지 않도록 하기 위해 1학년 학생은 제 시간에 약속장소에 도착해야 한다. 학부모도 학생도 신경이 곤두설 수밖에 없다. 학교 앞 노란 학원차들 뒤에 이 치열하고 절박한 육아 환경이 생생하게 느껴지는 것은 12년 만에 처음이었다. 나는 사실 40분 수업시간을 꽉 채워 끝낸 후 10분 동안 알림장을 썼으나, 몇 번 학원차를 놓쳤다는 학부모의 전화를 받은 후론, 마지막 수업은 10분 일찍 끝낸다. 교실에서부터 기껏해야 100미터 남짓의 거리일 텐데, 1학년이 처음인 교사와 아이들은 그렇게 진지한 눈빛으로 서로 손을 꼭 잡고 행진하여 마침내 정문에 도착한다.

정문 앞엔 노란 학원차들이 열 대도 넘게 서 있고, 태권도복을 입고 팔을 흔드는 사범들도 눈에 띈다. 엄마들은 마치 수능 끝낸 자녀를 기다리는 절절한 표정으로 7살 자녀를 찾는다. 아이가 보호자나 학원 기사와 잘 만나면 나도 가볍게 돌아설 수 있다. 그러나 아이가 무슨 차를 타야 하는지 모르겠다고 울먹이면 나는 어머니와 통화하며 아이 손을 잡고 직접 학원 차를 찾는다. 학교 정문 앞 풍경은 아이들이 익숙해지기까지 약 2주 정도는 1980년대 KBS 방송국 앞에 펼쳐지던 〈이산가족을 찾습니다〉처럼 절박한 눈빛들이 가득하다.

가장 오랫동안 이해할 수 없던 것은 10시 즈음에 여기저기서 들려오는 배고픔의 호소였다. "선생님, 배고파요.", "선생님, 간식 주세요." 이상했다! 아침 먹고 왔다는데 그리고 10시밖에 안 되었는데 왜 배가 고플까? 배가 고파도 왜 나한테 간식 달라고 하지? 버릇이 없나? 아니면, 내가 간식을 많이 푸는 걸 느낌으로 아나? 나중에 알았다. 유치원에서 간식 시간이 오전 10시였다는 것을. 아이들의 배꼽시계는 아직 유치원에 맞춰져 있었다.

이런 북새통 같은 시간만 있는 것은 아니다. 아이들과 꼭 하려고 작정한 것 중의 하나는 산책이었다. 담임할 때마다 점심 식사 후 산책을 종종 했다. 햇빛을 쬐며 걸으면 소화도 되고 정신없는 학교생활 중 잠시라도 자연과 계절의 변화를 느낄 수 있어 좋았다. 급식 첫날부터 아이들과 함께 학교 뒷뜰 저 끝까지 마치 자기 소개하듯 구석구석을 찾아갔다. 아직

3월 초라 꽃망울만 핀 매화나무 밑에서, 좀 더 시간이 지나면서 노란색 꽃 핀 산수유나무와 목련 나무, 벚나무 밑에서도, 계절마다 볼 수 있는 꽃들과 연못이 있는 공원 겸 놀이터인 우리 반 핫플레이스 그 곳 여기저기에 심은 할미꽃과 튤립들 앞에서 봄 빛 가득한 산책길 사진을 남겼다.

산책길에 아이들은 연못과 야생화 화단을 돌아 소운동장 미끄럼틀, 철봉, 정글짐에 이르면 아이들은 더 신나게 움직였다. 배꼽이 드러나도록 두 발을 뒤틀면서 더 오래 매달리려 노력하는 아이들이 있었고, 정글짐 위를 한 발 한 발 조심조심 디디며 마침내 정상에서 브이를 그리며 환하게 웃는 아이들도 있었다. 처음엔 무지개다리 위에 그저 앉아 있다 내려오던 아이가 어느 때는 두 팔로 매달려 간신히 두 칸을 건너다가 떨어지더니 또 언젠가는 네 칸 그리고 좀 더 시간이 지나선, 이 끝에서 저 끝까지 타잔처럼 한달음에 건너가는 아이도 있었다.

1학년 아이들의 성장을 바라보며 흐뭇해지는 순간들이 많다. 가끔은 흐뭇함을 넘어 당황스러워질 때도 있다. 아이들과 친밀도가 높아지면서는 '선생님'보다 '엄마'라고 불려질 때가 종종 있다. 아이들도 '엄마'라고 불러놓고 '아, 아니지. 선생님!' 하며 날 보고 쑥스럽게 웃는다. 또, 아이들과 나의 긍정적인 관계에서 나오는 부끄러운 순간들이 있다. 5월 체육대회 때 진행을 맡은 선생님이 아이들에게 제일 예쁜 선생님이 누구냐고 질문하였다. 외모를 크게 신경쓰지 않는 중년 교사인 나는 여유롭게 그 질문을 귓등으로 넘기고 있는데, 맨 앞에 있는 한 녀석이 뱃속에서부터 나오는 큰 목소리로 내 이름을 부른다. 몇 아이들도 메아리처럼 내 이름을 불러댔다. 갑자기 뜨겁고 붉은 기운이 귀까지 퍼졌다. 아이들 입을 막으며 당황스러워 했다. 서툴게 터져 나온 고백, 진심의 고백을 받은 썸녀처럼 나는 아이들과 눈을 맞추지 못하고 돌아섰다. 흰 머리 가득한 선생님을 예쁘다고 해주는 녀석들이라니! 1학년에겐 그런 매력이 있었다.

첫 산책 때 대운동장 계단에서 찍은 사진은 아직 추운 3월 초라 그런지 배경이 휑하고 쓸쓸해 보였다. 아이들 얼굴도 아직은 멋쩍고 쑥스러운 표정이 많았다. 그러나 산책이 계속될수록 우리 사진 배경은 점차 연둣빛 잎들과 꽃들이 자기만의 색으로 화사해지고 그와 비례해 아이들 얼굴에 특유의 표정과 웃음들이 떠올랐다. 내 앞에 있는 이 아이들은 유리알이나 괴물이 아니었다. 제법 티키타카가 되는 꽤 괜찮은 파트너들이다. 1학년들은 때로는 '1학년은 1교시만 하고, 2학년은 2교시, 6학년은 6교시만 하고 집에 가면 좋겠다'고 말하는 시인이며, 웃긴 표정과 과장된 몸짓으로 나를 웃게 하는 개그맨이다. 또, 자기 간식으로 가져온 새콤달콤이나 초콜릿 한 개 또는 '선생님은 신맛을 좋아해.'라는 말을 기억하여 레모나 한 통을 서툴게 내미는 나의 썸남썸녀들이다. 이제 막 반환점을 돌며 방학이 코앞인데, 3월 처음의 호들갑은 어디 갔는지 나는 이 시간이 0.8배속으로 흘러주기를 바라고 있다.

너무 겁먹지 마세요.

1학년, 무섭지요? 복도에서 만나는 1학년, 거리에서 만나는 1학년은 귀엽고 사랑스러운데 내 교실에서 만날 1학년은 괴물나라에서 온 것 같지요? 하지만, 1학년의 매력은 아주 치명적이어서, 순수한 그들의 매력에 빠지면 헤어 나오기 힘듭니다. 간식으로 가져온 사탕이나 열심히 그린 자기만의 캐릭터 그림을 선뜻 선물하거나, '예뻐요'를 연발하며 내 편이 되어주기도 합니다.

물론, 때론 힘든 일도 합니다. 아이가 토하면 담임인 제가 발 빠르게 달려가 그 아이와 다른 아이들을 안정시키며 치워내야 하지요. 또, 매일 혼자 하는 청소가 버겁게 느껴지기도 하고, 아무 논리 없이 튀어나오는 말들이나 자기 위주로만 얘기하고 행동할 땐 잠시 먼 산을 보게 되기도 합니다.

그러나, 1학년 친구들은 악의가 있지 않아 미워할 수가 없습니다. 나도 모르게 빙긋 웃게 되는 그들의 매력이 있으니 너무 겁먹지 마세요.

어서 오세요, 좌충우돌 행복 교실입니다

제가 교사를 계속할 수 있을까요?

박혜진(상동초등학교)

나의 첫 학교는 시골 학교라 학년마다 한 반만 있었다. 경기도였지만 농촌 마을이었고, 서울이나 다른 지역에서 학교생활에 적응하기 힘든 아이들이 찾아오곤 했다. 내가 존경하는 내 첫 학교 선생님들은 늘 아이들을 기다려주고 사랑으로 감싸주는 분들이었다. 수시로 교사, 학부모가 만나 머리를 맞대고 교육을 위해 함께 고민했고, 네 아픔을 내 아픔과 같이 여기며 함께 더불어 살아가는, 꿈에나 있을 법한 학교였다. 물론 힘듦이 없지는 않았다.

교직 2년 차. 1학년을 맡았다. 1학년은 볼이 통통한 귀여운 꼬마들이었다. 우리는 텃밭에 작은 채소를 가꾸었는데, 한 아이가 호미를 들고 다른 아이의 등 쪽으로 위협을 가했다. 그 아이는 분노를 조절하지 못했는데, 기분이 상할 때면 눈을 희번덕하게 뜨고 친구들에게 위험한 행동을 했다. '초임이라 내가 아이들을 잘 못 다루는 걸까?' 고민하고 흔들리는 나를 동료 선생님들은 응원과 지지로 꼭 잡아주셨다.

교직 3년 차. 또다시 1학년을 맡았다. 작은 학교는 학급 수가 많지 않아 학년을 선택하기가 쉽지 않다. 읍내에 살면서 리 단위에 있는 우리 학교로 입학한 아이가 있었다. 이 아이는 첫날부터 심상치 않았다. 책상을 엎는 것은 다반사이고, 고함지르고, 친구들을 때리고 욕하는 등 폭력적인 성향이 강했다.

"나 죽어버릴 거예요. 엄마가 칼을 들고 같이 죽자고 했어요."

고작 1학년 아이에게 이렇게 깊은 상처가 있을 줄이야. 가정에서의 아픔이 있는 아이를 돌보기란 쉽지 않았다. 이 아이의 엄마는 학부모 상담 때 상자 하나를 건네었다. 그 당시—부정청탁 및 뇌물수수 금지법(김영란법)이 없던 때—에 나는 어떤 선물도 받지 말자는 것을 나만의 원칙으로 갖고 있었다. 그래서 누군가 선물을 할 때면 거절하는 것이 미안한 마음에 작은 선물과 함께 받은 선물을 다시 돌려주곤 했다. 학부모가 준 상자 안에는 상품권이 있었다. 찜찜한 기분은 역시 틀리지 않았다. 읍내에 있는 아이 아빠가 운영한다는 약국을 찾아가 선물을 받을 수 없다며 돌려주었다. 그 학부모는 부끄러운 마음이 들었는지 다음 학기에 아이를 전학시켰다. 늘 힘든 아이들은 있었지만, 함께 어려움과 기쁨을 나누는 동료가 있어 그래도 견딜 수 있었다.

교직 4년 차. 두 번째 학교로 옮기면서 또다시 1학년을 맡았다. 학교를 옮기면 학년이나 업무를 선택할 권한이 많지 않다. 그해, 나는 교직 생활의 첫 슬럼프를 강렬하게 맞이했다. 온몸이 담배 냄새에 찌들어 있는 40kg에 육박하는 아이, 한글 미해득으로 모든 학습이 안 되며 산만한 아이, 태권도를 배운다는데 아이들을 폭력으로 다스리는 아이, 엄마가 아이를 안고 다닐 정도로 과보호 속에서 자라 버릇없는 아이, 아빠가 재떨이를 던진다는 정서 불안정 아이, ADHD를 판정받았으며 잠시도 앉아 있지 못하고 날아차기와 담임에게 욕설하는 아이. 6~7명의 문제 행동을 가진 아이가 우리 반에 모여 있었고, 나는 매일 고통으로 학교를 마주했다. 그래서 학교에 SOS를 보냈고, 학부모를 불러 상담을 했으며, ADHD 진단을 받은 아이의 학부모는 한 달간 우리 반 교실에 앉아 아이를 돌보기도 했다. 그렇지만 결국 감당해야 하는 것은 교사인 나, 그리고 조용히 수업을 듣는 몇몇 아이였다.

첫 학교를 떠날 때 동료 선생님들은 나에게 그렇게 말씀하셨다.
"선생님은 우리 학교에서 잘 지냈으니, 어디에 가서도 잘하실 거예요."
"선생님만큼 아이들을 사랑으로 예뻐하는 사람도 없어요."

첫 학교의 선생님들 응원과 지지를 뒤로하고 나는 처참하게 무너져갔다.
'선생님. 제가 교사를 계속할 수 있을까요?'

숨이 안 쉬어지는 것 같던 학교. 그 이후 나는 교직에서 살아남으려는 방법을 찾아다녔다. 2014년 우연히 EBS에서 회복적 생활교육에 관한 영상을 보았다. 학급의 문제가 생기면 학급공동체가 함께 모여 문제를 해결해 나가는데, 그 과정을 통해 갈등을 기회로 만들어 가는 모습이 인상적이었다. 회복적 생활교육은 내 교실과 나를 바꾸어 나가기 시작했다. 그리고 나는 서로 지지하고 힘이 될 수 있는 믿을 만한 동료를 찾아 나섰다. 그것은 정말 살고자 하는 몸부림이었다. 우연히 우리가 원하는 학교를 같이 만들어 보자는 한 선생님의 제안에 고민 없이 그 학교로 전근을 신청했다.

2015년도에 마주한 세 번째 학교에서는 내가 그동안 하고 싶었던 것들을 마음껏 풀어낼 수가 있었다. 교육과정 재구성, 프로젝트 수업, 회복적 생활교육 등을 교실에서 실현해 나갔고, 혁신 전공으로 대학원을 마치며 교사로서도 성장해 나가는 시간을 가졌다. 무엇보다 가장 보람되었던 것은 내가 생활 인권부장을 맡으면서 나처럼 문제 아동들로 힘들어하는 교사들이 있을 때 학교 시스템으로 함께 협력하는 구조를 만들어 갔던 것이었다. 학교생활 인권규정과 인성교육계획, 학교폭력 예방 교육 계획에 평화 공동체 회복 시스템을 명시하여 운영하였다. 내가 혼자 교실 속에서 힘듦을 감당했을 때의 고통을 기억했기에 누군가가 교실 속에서 눈물 훔치는 일은 없길 바라는 마음이었다. 서로 응원하며 협력하는 동료 교사들, 믿고 지지해주는 관리자, 회복적 생활교육 전문가의 코칭으로 '평화로운 학교 공동체'를 만들어 갔다.

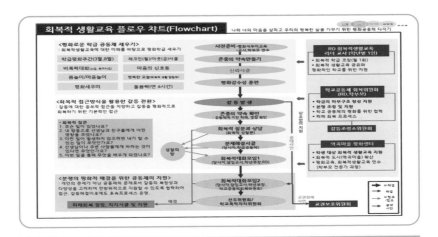

생활 인권규정과 학교 계획에 삽입된 평화 공동체 회복 시스템

　학급에서 분노 조절을 하지 못하고 폭력적으로 행동하며, 친구들을 칼로 위협하는 아이가 있었다. 그래서 담임교사와 논의 후 문제 해결을 위한 학교 시스템을 가동했다. 아이가 폭력으로 자신의 감정을 처리하는 원인은 가정에서의 체벌에 있었다. 담당자인 나와 관리자인 교감 선생님은 수시로 학부모 상담을 하였고, 아이를 때리지 말고 대화를 통해 해결해 줄 것을 상담을 통해 거듭 요청했다. 아이를 상담 기관에 인계하였고, 심각한 상황이 발생할 때마다, 교권보호위원회와 학생 생활교육위원회(당시 학생선도위원회)를 열어 심각성을 인지시켰다. 학교 차원에서 해결을 위해 노력했으나 아이의 정서적인 문제가 심각해서 문제 해결이 쉽지는 않았다.

　한번은 학급 내에서 수시로 갈등을 조장하는 아이가 있었는데, 그 아이가 학교폭력 피해자로 신고를 접수했다. 매번 가해자였던 아이가 피해자로 신고하는 경우가 종종 있는데 그러한 경우였다. 공동체 회복 시스템을 가동하고, 학교폭력이 접수되자마자 해당 아이와 학부모를 불러 사안 조사 겸 상담을 했다. 늘 피해자였지만 가해자였던 아이, 그리고 가해자였지만 피해자가 된 아이, 주변의 학부모들 또한 '학교폭력' 자체가 아니라 그동안 쌓여왔던 '갈등 해결'에 대한 욕구가 있었다. 그래서 이들과 상담하는 동안 갈등 조정모임에 대한 동의를 받았다. 갈등조정모임을 통해 제3자—교육청, 학교폭력위원회 의원 등—에 의한 응보적 처벌이 아니라, 당사자들이 직접 대화를 통해 사안을 해결해 나가는 관계회복에 초점을 두었다. 당사자들의 책임 확인, 진정한 사과, 상호 약속은 관계회복의 씨앗이 될 수 있었다. 앞의 사건 외에도 학급에서 갈등이 발생하면 전문가를 통해 학급 내 문제 해결 서클(갈등에 관한 학급 회의)을 진행했다. 늘 갈등이 원만하게 해결된 것만은 아니지만 관계회복이라는 같은 지향점을 확인하는 것으로도 의미가 있었다. 학교 내 구성원들이 협력하여 문제를 해결해 나갔지만, 현실적으로 앞서 말한 방법으로 '버티는' 것은 한계가 있다. 해당 시스템에 대한 구성원의 동의도 필요하며, 시스템을 운영하는데 당사자들이 이해할 수 있어야 하며 무엇보다 사람이 하는 일이라 그만큼 많은 노력이 필요하기 때문이다. 그래서 제도와 환경이 뒷받침되어야 한다.

우리가 처한 교육 현장은 교사가 교실이라는 전쟁터에서 사랑과 헌신이라는 무기로 싸우기를 원한다. 대다수 학교가 그렇고, 만들어진 시스템과 법적 장치가 미흡하여 교사들이 홀로 견디는 경우가 많다. 교사들은 '그래 내 제자들이니까.'라고 스스로를 다독이며 자신을 향해 던지는 감정 쓰레기들을 온몸으로 받아낸다. 마음의 쓰레기통이 가득 차면 결국 교사 자신을 스스로 해하게 된다. 나처럼 '교사를 계속할 수 있을까?'를 생각하며 자신을 무너뜨린다. 교사가 무너지면 교육은 존재할 수 없다. 상처로 얼룩진 교육 현장. 그동안 교사들의 피, 땀, 눈물로 대한민국의 교육을 떠받들어 왔다. 이 시간에도 교사들은 가르칠 수 있는 권리를 회복하고 아이들과 안전하고 평화롭게 만날 그날만을 염원하고 있다. '그럼요. 선생님들이 가르치는 일에 전념할 수 있도록 돕겠습니다.' 이 말이 간절히 듣고 싶다. 국가와 교육부, 교육청, 그리고 학교가 변해야 교육이 가능하다.

선생님을 탓하지 마세요. 그리고 주변의 믿을 만한 동료 선생님들을 찾아보세요.

제도가, 환경이, 문화가 바뀌어야 교사들이 안심하고 교육할 수 있는 환경이 옵니다. 그런데 제도나 법을 바꾸기가 쉽지 않은데 문화와 인식을 바꾸기란 더 쉽지 않지요. 그래서 교육현장에서 교사들이 상처를 받고 좌절할 때마다 자신을 탓하게 됩니다. 선생님 탓이 아니에요. 바뀌어야 할 것은 교육현장이랍니다. 대신, 주변의 믿을 만한 선생님들을 찾아보세요. 교직의 가장 큰 장점 중 하나는 존경스럽고 믿을 만한 동료 선생님들이 많다는 것입니다. 함께 이야기하며 나를 지지하고 응원하는 존재를 만난다면 교직이 그리 외롭지 않을 거예요. 우리 주변에 늘 있답니다.

흰머리 숨기지 마세요

유영미(안산석수초등학교)

주말에 염색하고 월요일에 출근했다. 오랜만에 하는 염색이라 찰랑거리는 갈색 머리에 살짝 기분이 좋았다.

"쉔생님! 머뤼! 머뤼!"

한국말이 서툰 바딤이 보디랭귀지로 나의 머리 모양이 달라졌다고 알아봐 주었다.

"응, 바딤 선생님 머리가 달라졌지? 어때? 예뻐?"

"응응."

엎드려 절받기였지만 그래도 바딤이 대답하기 좋게 적절한 질문을 던져주었다고 생각하니 뿌듯했다.

아이들이 하나둘씩 교실로 들어왔다. 밝은 갈색빛으로 변한 나의 긴 머리를 알아보고는 모두 환하게 웃어준다.

"선생님, 염색했어요?"

"응. 흰머리 때문에 염색했어."

"이상하다. 선생님 흰머리 없었는데."

"아니야. 속에 많이 숨어 있었어."

"아닌데."

아이들은 '흰머리'라는 단어에 적잖이 충격을 받은 눈치였다. 새치염색을 당당하게 고백하는 선생님의 태도에 놀랐는지 자꾸 현실을 부정했다. 아이들의 속도 모른 채 청개구리 선생님은 자꾸 흰머리가 엄청 많이 있었다고 우기고 또 우겼다.

"저도 염색해 봤어요."

갑자기 각자의 염색 경험으로 주제가 넘어갔다.

"저는 다섯 살 때 해봤어요."

한 어린이가 질 수 없다는 듯이 무리수를 둔다.

"저는 세 살 때 해봤어요."

눈이 동그래진 선생님의 모습에 아이들은 경쟁을 시작했다.

"저는 한 살 때 해봤어요."

한 살이라니 웃음이 피식 나왔다. 여기는 지금 분위기가 뜨거운 경매장이다.

"아 그랬구나."

"그런데 우리 엄마는 염색이 어린이에게는 해롭다고 했어요."

갑자기 반대 의견이 나왔다.

"맞아요. 그래서 저는 스무 살 전까지는 안 할 거예요."

"그것도 좋은 생각이네요."

"네. 저는 100살까지 염색을 절대 안 할 거예요."

아까 열린 염색 전쟁(?)에 참전하지 못한 패잔병들이 또 다른 전투에 참여했다. 어디로 튈지 모르는 대화들 속에 정신을 차릴 수가 없다.

1학년 교실에서는 매일 이런 식의 대화들이 오간다. 과연 어디까지 믿어주어야 할까 고민했다.

"거짓말하지 마세요."

하도 어이가 없어서 이렇게 대꾸해 본 적도 있다. 허언증을 고쳐줘야겠다는 비장한 사명 의식이 불탔던 날이었다. 그러나 결과는 말한 학생도 머쓱, 나도 머쓱해지기만 했다.

영혼 없는 경매장에서는 영혼 없이 망치를 두드려주는 사람도 필요한 법이다. 다들 경매가를 던지는 시장에서 나의 경매가를 한 번 던져보는 경험, 그 용기도 훌륭하다. 그것을 기특해하는 마음, 1학년 선생님에게 필요한 마음임을 알게 되었다.

"그런데 선생님! 흰머리 엄청 비싸요."

"흰머리가 왜 비싸요?"

"그거 시간도 엄청나게 걸리고 몇 번을 반복해야 한대요."

우리 반 똘똘이가 어디서 탈색 과정을 듣고 온 모양이었다.

"친구는 그걸 어떻게 알았어요?"

"미용실 원장님이 가르쳐줬어요. 흰머리는 돈도 많이 든대요."

"아, 맞아요. 탈색이라고 그런 게 있어요."

"선생님 흰 머리는 엄청 비싼 거예요."

"네?"

"그러니까 앞으로는 흰 머리를 숨기지 마세요."

"아, 네."

흰머리의 가치를 새롭게 알려 준 똑똑한 꼬마에게 오늘도 참 고맙다.

아이들의 거짓말을 매번
수정하려고 하지 않으서도 됩니다.

아이들의 거짓말을 들으면 갑자기 화(?)가 올라옵니다. 바로 잡아주고
싶은 마음은 덤이고요. 그런데 어느 순간 매번 고쳐줄 수 없다는 것을 알
게 됩니다. 다른 사람에게 피해를 주거나 심하게 반복될 때는 당연히 지도
하는 것이 맞습니다. 그러나 그냥 한번 말하고 싶어서 던진 농담 같은 거
짓말이라면 때로는 같이 웃어넘기는 지혜도 필요하답니다.

한 대 패고 끝낼래요

유현미(서울영문초등학교)

6교시 후 동 학년 선생님들과 회의 중이었다. 갑자기 하이톡(우리 반 학생 학부모 소통 앱)이 연달아 울렸다. 쏟아지는 문자 세례. 우리 반 윤호다. 격앙된 메시지였다. 내일 친구 경준이를 패겠다, 그냥 끝내겠다… 욕설까지 들어가 있었다. 머리가 하얘졌다. 잠시 뒤 윤호 어머니께서도 문자를 보내셨다. 통화하고 싶다고. 회의하다 말고 나왔다.

교실에 잠시 앉아 마음을 가라앉혔다. 학기 초부터 끊임없이 문제가 생기고 있는 윤호. 6월 들어 친구들과 다툼이 늘어나고 있다. 오늘은 기어코 열어보리. 판도라의 상자를 개봉하듯 조심히 나이스 상의 생활기록부를 훑어본다. 1학년부터 5학년까지 학교생활의 기록이 빼곡히 적혀 있다. 작년 담임교사 이름을 확인하고 교실 전화를 눌렀다. 기다렸다는 듯 윤호와 보낸 1년을 이야기해주시는 선생님. 나의 예상을 훨씬 뛰어넘는 외롭고 힘든 시간을 보낸 윤호. 선생님께서는 내게 죄송하다고 하셨다.

윤호는 예쁜 구석이 많은 아이다. 우리 반 궂은일을 도맡기도 하고 힘든 친구들을 제일 먼저 도와주고 싶어 한다. "나랑 앉을래?" 하며 비싼 짝꿍 선택 쿠폰도 잘 사고, '초코첵 마켓'을 운영하며 인심도 팍팍 쓴다. 늘 먼저 인사하고 선생님이 최고라는 말을 아무렇지 않게 한다. 오늘도 교과 선생님께 받은 과자 꾸러미를 몽땅 내게 줬다. 친구들에게 버럭 화를 내고서는 그게 힘들어서 먼저 다가가 화해하고, 교과 선생님께 대들었다가 사죄하고…. 감정이 널을 뛰어 욱하는 마음으로 일을 저지르고 막 나가는 말을 수시로 했지만, 자신도 감당이 안 되는지 뒤늦은 후회를 했다. 크고 작은 사건 속에서도 잘 지내보려는 몸부림, 친구를 잃을까 노심초사하는 마음도 읽혔다.

잠시 숨을 고르는 사이 이런 생각이 들었다. 윤호가 보낸 문자가 어쩌면 '도와달라'는 신호가 아닐까. 어머니께 전화를 걸어 일단 윤호를 지금 학교로 보내라고 했다. 윤호는 땀을 뻘뻘 흘리며 단숨에 달려왔다.
"우리 윤호, 왜 그렇게 화가 났어?"

"…."

"대박이야. 문자에 욕도 있고."

"열 받아서요."

"음. 제자한테 욕설 듣긴 처음이야."

"선생님께 한 건 아니에요."

"알아. 하지만 네가 뭣 때문에 그렇게 열 받고 흥분했는지 얘기하기 전 요건 짚고 가자. 마음을 전달할 땐 형식도 되게 중요해. 화난다고 소리 지르고 욕하면 아무리 옳은 말도 듣고 싶지 않거든. 학기 초부터 선생님 과 학생의 선은 지키자고 했지?"

"네…."

"앞으론 선생님께 도움을 요청할 땐 예의를 지켜서 하자."

"네."

"그래. 이제 왜 그렇게 화나고 속상했는지 얘기해 봐."

"경준이 말과 행동이 짜증나고 열 받아 죽겠어요."

주절주절 주절주절….

"그래서 내일 한 대 패고 끝낼래요."

"그래…? 음…. 네가 그러고 싶다면 그렇게 해."

의외의 말에 눈이 똥그래지는 윤호.

"시원하게 경준이 한 대 팼다고 치자. 한 대 맞은 경준이가 '아이고, 내가 윤호한테 잘못했구나.' 하고 앞으로 다시는 안 그럴까?"

대답이 없다.

"욱해서 하고 싶은 대로 하면 너 마음도 편해져? 일도 깔끔히 해결되고?"

"아뇨. 일 커져요."

윤호가 한숨을 쉬면서 그런다.

"그럼 경준이랑 영원히 말 안 할래요."

"그래. 말 안 하고 싶다면 안 해도 돼."

"자꾸 깐족거리고 말로 약 올려서 미치겠어요."

"요즘 서우와 말하니?"

"안 해요."

"서우랑 말 안 하고 이제 경준이랑도 말 안 하겠구나."

"…."

"한 명이 두 명 되고 두 명이 세 명 되다가 우리 윤호가 반 친구들 대부분이랑 멀어질까 봐 선생님은 걱정돼."

아픈 구석을 좀 찔렀다. 윤호는 4학년 5학년의 아픈 기억이 생각났는지 울상이 됐다. 우리 반 한 달 학급 살이 설문지들을 꺼내왔다. 친구들이 윤호를 어떻게 생각하는지 들려줬다. 엄청나게 노력한다, 좋아졌다, 5학년 때와 달라졌다 등등…. 그리고 문제는 늘 생기기 마련이고 우린 해결하면 된다고 했다. 아이들은 이런 과정을 겪으며 크는 거라고. 힘든 일도 싹둑싹둑 자르기보다는 엉킨 실타래를 차분히 풀어내면 된다고. 그 몫은 윤호 거지만 선생님이 도와주겠다는 말…. 옛날 가르쳤던 제자 이야기까지 들먹이며 일장 훈시를 했다. 윤호의 숨소리가 차분해졌다.

윤호가 한숨을 쉰다. 그리고는 내일 경준이한테 열 받고 화났던 얘기를 '행감바(친구 행동에 대한 자신의 감정과 바라는 점 얘기하기)'해보겠다고 했다. 미리 연습해봤다. 자신이 왜 화가 났는지 그리고 경준이에게 바라는 바를 또박또박 말했다. 한결 편안한 표정의 윤호에게 엄마가 너무 걱정하고 계시니 안심시켜 드리라고 했다. 윤호가 나가면서 그런다.

"선생님, 내일 우리 지우개로 도장 파요?"

"응. 어떻게 알았지?"

"교탁 위에 준비물 있어서요. 거기에 제 문양 넣어도 돼요?"

"그럼."

윤호는 올해 내 관심과 사랑의 가장 많은 지분을 차지할 것 같다. 가슴 철렁하고 한숨 쉴 날 많을 것이다. 하지만 하나만 기억하고 싶다. 윤호가 친구들과 얼마나 간절히 잘 지내고 싶어 하는지 말이다. 포기하지 않고 끊임없이 반복해서 가르치며 기다려주기, 그게 내 일이다.

먼저 쉼표 하나 크게 찍고 시작하세요.

　　매년 선생님의 관심과 사랑을 독차지(?)하는 아이들이 있습니다. 이 아이들의 말과 행동은 퇴근 후에도 우리를 따라와 괴롭힙니다. 감정이 널을 뛰는 아이들…. 어쩌면 누군가가 중심을 잡고 마음을 들여다 봐주기를 간절히 바라고 있을지도 모를 일입니다.

　　'쉼표 하나 크게 찍고!'

　　아이가 폭발할 때면 마음속으로 되뇌는 말입니다. 함께 흥분하지 않으려는 나만의 주문입니다. 물리적으로 시간적으로 그 상황에서 되도록 멀찍이 떨어져 보는 겁니다. 아이의 흥분도 가라앉히고 나의 감정도 보태지 않기 위함입니다. 물 한잔 먹는 것도 좋겠지요. 그리고 차분한 목소리로 심지어 다정하게 시작합니다.

　　"사랑하는 ○○야~."

　　"문제는 늘 생기기 마련이고 우린 해결하면 돼. 누구나 이런 과정을 겪으며 성장하거든. 엉킨 실타래 한번 풀어볼까? 선생님이 도와줄게."

훨훨 나는 너희가 되길 바라

윤다은(서울대동초등학교)

3학년 과학에는 '동물의 한살이'라는 단원이 있다. 나는 이 단원을 가르치면서 태어나서 처음으로 배추흰나비를 기르게 되었다. 배추흰나비 기르기 선배님들에 의하면 보통 2~3개, 많게는 5개 정도의 알로 시작한다고 했는데, 우리 반에 온 케일 화분에는 알이 10개가 넘었다. '알이 뛰쳐나오면 어떡하지?', '애벌레가 반에 기어 다니면 어떡하지?'라는 두려움, '알이 과연 배추흰나비로 자랄 수 있을까?'라는 의구심과 함께 배추흰나비와의 하루하루가 시작되었다. 돋보기로 봐야 겨우 보였던 알은 금세 애벌레가 되었고, 손톱보다 작던 애벌레는 몇 번 허물을 벗더니 어느새 엄지손가락 정도 길이의 애벌레가 되었다.

여기서 문제가 생겼다. 애벌레는 케일을 너무 잘 먹었고, 먹이는 금방 동이 났다. 우리가 키우는 애벌레는 아무 먹이나 먹지 않는(다소 까다로운) 애벌레였고, 새로운 케일이 올 때까지 며칠간 먹이가 없는 상황이 되었다. 이리저리 기어 다니던 애벌레는 잘 움직이지 않았고, 기력을 잃은 것처럼 보였다. 배추흰나비 기르기를 극구 반대하던 몇몇 아이들도 애벌레가 죽을까 봐 노심초사하며 먹이의 배송 날짜만을 손꼽아 기다렸다. 그러던 중 드디어 케일이 도착했고, 애벌레는 언제 기운이 없었냐는 듯 케일을 먹으며 기력을 회복했다. 그렇게 잘 자라 애벌레는 번데기가, 번데기는 훨훨 나는 튼튼한 배추흰나비가 되었다.

또 하루는 동료 선생님 중 한 분이 식물을 분양해 주시겠다는 메시지를 보내셨다. 배추흰나비처럼 무언가를 반에 두면 온종일 관찰하고 관심 가지는 반 아이들이 생각나 식물 분양을 받겠다고 했다. 그렇게 다양한 식물이 우리 반에 도착했고, 예상보다 더 큰 아이들의 관심을 받았다.

이 식물들에는 매일 물을 줘야 했지만, 6월에는 연휴가 유독 많아 주말을 포함해 약 3~4일간 물을 못 주게 되는 상황도 생겼다. 긴 연휴를 보내고 학교에 가면 식물들은 아니나 다를까 늘 잔뜩 말라 있었다. 곧 죽어도 이상하지 않을 정도로 식물은 시들시들했지만, 다시 잘 자라길 바라는 나와 아이들의 마음을 담아 물을 듬뿍 주었다. 그러면 신기하게도 또 무슨 일이 있었냐는 듯, 식물은 다시 잘 자랐다.

아이들도 그런 것 같다. 교사도 실수하거나 아이들에게 유독 눈길을 주지 못하는 날이 있다. 때론 업무에 치여 아이들보다 컴퓨터 화면을 더 많이 보고 약간의 자괴감과 함께 집으로 돌아가는 순간도 있다. 하지만 감사하게도, 그다음 날 '더 잘해줘야지!'라는 다짐과 함께 아이들에게 관심과 애정을 다시 쏟으면 아이들은 또 금방 쑥쑥 성장했다.

케일을 주지 못하는 날이 있어도, 물을 주지 못하는 날이 있더라도, 좌절하지 않고 아이들에게 사랑을 주고 싶다. 당장은 '아이들이 변할 수 있을까?', '내가 아이들을 잘 성장시킬 수 있을까?'라는 마음이 들어도, 언젠가는 작은 통을 벗어나 운동장을 훨훨 날아다닐 그날을 기대하며!

포기보다는 꾸준한 사랑과 관심을 보여주세요.

아이들과 생활하다 보면 교사로서 실수하거나 넘어지는 순간이 옵니다. 그럴 때마다 자책하거나 포기의 마음이 스멀스멀 생기는 나 자신을 발견하기도 합니다. 이러한 마음을 가지기보다는 '내일은 오늘보다 더 잘해줘야지!' 하고 훌훌 털어버리는 것은 어떨까요? 포기하지 않고 아이들에게 꾸준한 사랑과 관심을 보여준다면, 몰라보게 성장한 아이들이 교사를 깜짝 놀라게 하는 기쁨의 순간도 올 것입니다.

사랑의 무게

이지현(진주동진초등학교)

"선생님, 사랑해요."라는 말은 저학년 담임교사의 전유물이라고 생각했다. 어릴 때는 어떻게든 교사 옆에 붙어서 말 한마디라도 더 하려고 하고, 팥으로 메주를 쑨다고 해도 선생님 말씀이라면 당연하게 믿어주던 아이들이 커가면서 자기들끼리 재미나게 놀고, 교사가 알지 못한다는 말들을 주고받으며 대화하는 모습을 보며 시원섭섭함을 느끼는 게 당연하다고 여겼다.

나의 이러한 편견은 그해 5학년 아이들을 만나면서 산산이 깨어졌다. 5학년 여학생이면 빠른 경우는 슬슬 사춘기가 시작되기도 하는 예민한 나이이다. 가끔 반에 성숙하거나 기가 센 여자애들이 있으면 교사와 기싸움을 하거나 파벌을 만들어 갈등이 생기는 경우가 있어서 고학년을 맡는 교사들은 이런 부분에 대해 긴장하고는 했다.

그런데 이 아이들은 달랐다. 탐색기인 3월이 지나자 나에게 적응을 완료했는지 끊임없이 사랑을 표현해 왔다. 18명의 학생 중 특히 4~5명의 여학생이 나를 열렬하게 사랑해 주었는데, 어느 정도냐 하면, 아침에 교실 문을 열면 안녕하세요, 대신 '사랑해요.' 쉬는 시간에 연구실만 다녀와도 '사랑해요.', 집에 갈 때도 '사랑해요.'였으니 만나면 반갑다고 뽀뽀뽀도 아니고 온종일 이어지는 사랑 고백에 정신을 못 차릴 때도 많았다. 그 방법도 다양해서 말로 했다가 머리 위로 큰 하트를 그렸다가 양손 하트를 했다가 난리여서 내 인생에 받을 모든 고백은 올해 다 받고 있구나라고 가볍게 생각했다.

맞다, 사실 내게 그 사랑은 가벼웠다. 우리가 함께하는 1년 동안 유지되는 시한부 사랑인 데다, 이제 10년 정도 살아온 아이들이 사랑에 대해 뭘 알겠나 싶어 쉽게 생각했기 때문이다. 그런 생각으로 4월 한 달간은 아이들에게 짝사랑만 시켰다. 부모님이나 애인에게도 사랑한다는 말을 잘하지 못하는 성격이라며 학생들이 하트를 보내올 때마다 멋쩍고 어색하게 웃거나 괜히 말을 돌리기 일쑤였다. 그때마다 아이들은 "아, 왜 선생님은 사랑한다고 안 해줘요⋯."라며 아쉬움이 섞인 투정을 부리기도 했다.

사랑에 사랑으로 답하게 된 건 5월이나 되어서였다. 처음엔 수줍게 "선생님도⋯."라고 겨우 대답했다가 나중 돼서는 하트를 이리 쐈다가 저리 보냈다 애들과 경쟁이라도 하듯 열심히 사랑을 주고받았다. 그러나 아이들의 사랑이 가벼우리라 생각했던 만큼, 당시 내가 표현한 사랑은 딱 그만큼 가벼웠다. 종일 듣는 고백에 익숙해졌기도 하고(너무 많이 해서 하루에 10번만 하기로 정한 학생도 있을 정도다) 답이 없었을 때 섭섭해하는 모습을 보느니 이제 3달 정도 같이 지내면서 정도 들었으니 그냥 마주 사랑한다고 하자는 생각이었다.

그렇게 지내며 6월이 되었고 그날도 어김없이 고백이 이어지던 순간이었다. 고백 멤버 중 한 명이 너무나 해맑은 얼굴로 말했다. "선생님, 엄마보다 더 사랑해요." 그 말을 들은 나는 짧은 순간 머릿속의 생각이 싹 정지해버렸고, 아이는 무엇이 잘못되었다고는 전혀 생각하지 않는 표정으로 나를 바라보았다. 비유하자면 썸 타던 상대에게 결혼하자는 이야기를 들은 느낌? 대학교 1학년으로 3월을 개강하자마자 교수님께 대학원 입학을 제안받은 느낌? 아니, 그것들보다 훨씬 명치가 꽉 막히고 몸이 굳는 기분이었다. 이 아이는 지금 자기가 어떤 말을 했는지 제대로 알고 있는 걸까? 무엇보다 나는 이 아이에게 그런 말을 들을 자격이 있을까?

별 부담 없이 아이들에게 마주 보내던 하트가 무거워진 것은 엄마보다 더 사랑한다는 그 말을 들은 이후부터였다. 나에게 있어 '엄마'는 '최고의 사랑'과 동의어였다. 물론 내가 아이들에게 보여준 애정은 부모님의 반의 반의 반, 그러니까 발끝에나 겨우 미칠 정도일 것이다. 그 점을 알고 있었음에도 그 말이 마음에 박혔던 건 그 정도 크기뿐인 나의 사랑을 온몸으로 느껴주고 그 이상으로 답하는 아이에 대한 미안함과 책임감이 한순간에 느껴졌기 때문이다.

내 나이의 반도 안 되는 작은 아이들이라고 해서 그 사랑의 가치까지 반이라고 생각한 건 나의 부끄러운 실수라는 걸 인정할 수밖에 없었다. 10분밖에 안 되는 귀한 쉬는 시간에 딱히 할 말이 없는데도 괜히 와서 옆에 붙어 있고, 운동장 저 끝에 있다가도 출근하는 나를 보고 반가워하며 달려오는 게, 잘했다는 칭찬 한마디에 세상에서 가장 좋은 상을 받는 것처럼 웃는 게 사랑이 아니라면 무엇이라고 해야 할까. 나는 정말로 이 아이들에게 사랑받고 있었고, 그 사랑의 무게에 대한 책임을 져야 했다.

『사람은 무엇으로 사는가?』, 『안나 카레니나』를 쓴 러시아의 유명 소설가이자 사상가인 톨스토이는 사랑으로 내가 이해하는 모든 것을 이해한다고 말했다. 아이의 말을 듣고 책임감 있는 사랑을 다짐한 이후로 나는 그 말처럼 아이들을 이해하기 위해서 노력했다. 이전보다 더 자주 바라보며 관찰하게 되었다. 연구실에서 머무는 시간을 줄이고 쉬는 시간에 바쁘게 다음 수업 준비를 하는 대신 조금이라도 짬을 내어 아이들이 어떻게 노는지, 무슨 말을 많이 하는지 관심을 기울이려고 애썼다.

아이들을 바라보며 교실에 있는 시간이 늘면서 자연스레 나누는 대화도 많아지다 보니 함께 한 3개월보다 6월 한 달 동안 아이들에 대해서 더 잘 알게 되었다. 부모님의 사랑을 동생에게 뺏겼다고 질투하던 아이는 친구가 저보다 다른 친구랑 더 친해 보일 때 유독 속상함을 느꼈고, 위로 누나가 셋이나 있는 남학생은 여학생들과 더 편하고 스스럼없이 어울렸다. 또, 부모님이 바빠서 함께 하는 시간이 적은 아이들일수록 교사에게 많은 정과 애착이 있었다. 정말 옛말은 하나도 틀림이 없다. 아는 만큼 보인다.

그렇게 두 달을 지내다 보니 아이들과 나의 위치가 바뀌었다. 급식소에서 밥을 먹다가 아이들의 눈을 마주치면 짤그락 소리와 함께 젓가락을 후다닥 내려놓고 하트를 보내고 답으로 오는 하트를 반찬 삼아 밥을 맛있게 먹었다. 놀이 시간이나 점심시간에 둥그렇게 모여앉아 나는 그라운드 놀이를 하는 아이들 사이에 궁둥이를 붙이고 앉아 허벅지가 빨개질 때까지 두드리기도 했다. 또, 낯선 사람들과 닿는 게 불편해 만원 버스를 보내고 다음 버스를 기다리고 친한 친구라도 팔짱을 끼지 않을 정도로 스킨십을 꺼리는 나였지만 퇴근길에 아이들을 마주치면 두 팔을 활짝 벌려 "안겨라!" 하고 호기롭게 말하고 몸통 박치기하듯 달려오는 아이들을 끌어안으며 늦지 않게 집에 들어가라는 걱정 어린 인사를 건네는 일상이 반복되었다. 내가 아이들의 사랑을 느꼈던 사소한 행동으로 나의 마음을 전해주고 싶었기 때문이다.

이렇게 매일같이 사랑을 주고받는 반이라도 여느 교실처럼 크고 작은 사건들은 늘 일어난다. 지나가면서 괜히 다른 학생을 툭툭 쳐서 싸움이 일어나기도 하고, 무심코 친구에게 상처 주는 말을 해서 서로 비난이 오고 가기도 한다. 그럴 때는 어쩔 수 없이 아이들에게 화를 내고 잘못을 혼내는 순간이 온다. 그런 날에는 하교 후 텅 빈 교실을 보며 아이들이 한 가지만 알아주길 바란다. 부모님이 우리를 혼내는 순간이 있어서 속상하더라도 시간이 지나면 그 마음속에는 사랑이 있다는 것을 아는 것처럼 너희를 향한 나의 말과 행동에도 애정이 깃들어 있음을 알아주기를.

질량의 크기는 부피와 비례하지 않습니다.

제가 즐겨봤던 드라마 〈도깨비〉에 나왔던 「사랑의 물리학」이라는 시의 한 구절입니다. 사랑의 무게는 나이와도, 몸집과도 비례하지 않습니다. 아이들의 사랑과 어른들의 사랑은 분명 다르겠지만 사랑에는 정답이 없다는 말처럼 그 모든 것이 사랑입니다. 아이들의 사랑에 사랑으로 답해주세요. 그 말을 듣고 행복하게 웃는 아이의 얼굴을 본다면 정말로 사랑에 빠질 거예요.

낯선 번호로 전화가 오다

장지혜(대전글꽃초등학교)

퇴근 후 저녁, 먹을거리를 사기 위해 마트에 갔다. 휴대폰 알림들에 반응하는 것이 번거로워 무음으로 해놓는 것이 일상이었는데 그날따라 휴대폰에 반짝이는 전화 알림 표시를 우연히 발견했다. 하지만 전화를 받을지 말지에 대해서 고민을 꽤 했다. 낯선 번호여서다. 그동안 모르는 번호는 받지 않았기 때문에 이번에도 받지 말까 고민하는데 그날따라 혹시 모른다는 마음에 괜히 퉁명스러운 목소리로 받았다. 혹시 스팸이라면 냉정하게 끊으리라 다짐하면서.

"여보세요?"

"혹시 장지혜 선생님이세요?"

전화를 받자마자 이름을 물어보니 당황스러우면서도 내 이름은 어떻게 알고 있는지를 확인하고 싶은 마음에 나도 누구인지 물어봤다. 이번에는 더욱 퉁명스러운 목소리로. 하지만 전화기 너머에서 들리는 소리는 머뭇거리는 말투로 자신을 기억하는지를 걱정하는 말과 함께 나에 대한 더 자세한 내용을 묻는 말뿐이었다.

"선생님 예전에 2018년도에 ○○ 학교에 계시지 않았나요?"

내가 묻는 누구인지에 대한 대답은 하지 않고, 내 '이름'은 물론 언제 어디에서 근무했는지까지 확인하는 상황이 이제는 조금 무서워지기 시작했다. 그냥 평소처럼 모르는 번호는 안 받을 걸 괜히 받았다는 생각에 좀 더 딱딱한 목소리로 다시 한번 누구인지를 물었다.

"아, 저 그러니까 절 기억하실지 모르겠지만. 예전에 선생님께서 가르치셨던 학생인데요."

'스팸은 아니구나! 그런데 누구지? 2018년도면 6학년 담임하던 때인데.'

학생이라는 단어는 사실 반가울 일이지만, 내 마음은 복잡했다. 2018년은 나의 교직 생활 중 가장 힘들었던 시기여서다. 그 시절은 회상하기조차 쉽지 않을 정도로 '힘들다'라는 말만 나왔었다.

짧은 시간 동안 2018년도를 떠올리고, 4년이나 지났는데 연락할 만한 학생이 누구일까 여러 학생을 떠올리기 시작했다. 그리고 다시 한번 누구인지 물었다. 이번에는 부드러운 목소리로.

그리고 이제야 낯선 번호의 주인을 알게 되었다.

"저, 한○○예요…. 기억하세요?"

헛웃음이 나왔다. 기억을 못 할 리가. 이 아이가 그해 특별히 무언가를 해서가 아니라, 담임으로 있었던 아이들은 전부 기억하고 있다. 그런데도 아이가 너무 조심스럽게 이야기를 하기에 나도 같이 긴장이 되었나 보다.

"당연히 기억하지~! 무슨 소리야? ○○아 잘 지냈어? 너무 오랜만이다."

언제든 끊겠다는 의지의 퉁명스러웠던 목소리는 던져버리고 하이톤이 흘러나왔다.

"오늘이 스승의 날이라서 찾아뵙고 싶었는데, 못 찾아뵈어서 전화로만 연락드려요."

"감동이다 ○○아. ○○이가 이제 중2인가?"

"아뇨. 저 고등학생….."

"뭐, 벌써? 상상이 안 간다. 내 기억 속에 ○○이는 언제나 6학년인데……."

"그쵸. 저도 제가 고등학생인 게 안 믿겨요."

"○○이 옛날에 □□이 좋아했었잖아."

전화기 너머로 빵 터진 웃음소리가 들려온다.

"선생님 그런 것도 기억하세요?"

"그럼~. 장기자랑 때 어떤 노래로 춤출지 △△이와 다툰 것도 기억하는데?"

잠깐의 시간 동안 서로가 알고 있던 2018년으로 추억 여행을 떠났다. 사실 오고 가는 이야기들이 대단한 사건들은 아니지만, 옛날을 함께 떠올린다는 것 자체가 즐거웠다.

"○○아, 스승의 날이라고 연락해 줘서 고마워. 덕분에 선생님이 오늘 여러 번 웃었다."

"저도 선생님이 저 기억해 주셔서 감사드려요. 다음에는 찾아뵐게요."

전화를 끊고 나서 잠시 멍하니 그 자리에 서 있었다. 줄곧 2018년을 떠올릴 때마다 그해는 참 어려웠다며 힘겨워했는데, 오늘은 힘든 기억들 사이에 가려져 있던 즐거웠던 추억들이 떠올랐다. 그리고 2023년 5월 15일. 다시금 전화가 울렸다. 이번에는 낯선 번호가 아닌 '제자 한○○'으로.

**소소한 추억들이
선생님에게 작은 힘이 되길 바라요.**

매해 새로운 학생들을 만나고, 새로운 이야기들을 만들어 가는 교실에서 늘 즐거운 기억만 있다면 좋겠지만, 사실 현장에서 그러기는 쉽지 않습니다. 어떤 해는 유난히 어려움만 가득할 때가 있고, 또 시간이 더디게 느껴질 때도 있습니다. 그럴 때 소소한 추억들이 선생님에게 작은 힘이 될 수 있기를 간절히 바랍니다.

어서 오세요, 좌충우돌 행복 교실입니다

웃음 넘치는 귀신의 집

정민경(솔빛중학교)

다사다난했던 1년이 거의 마무리되는 즈음, 학교가 시끌벅적하다. 축제 시즌이다. 학급별로 테마를 잡아 교실을 직접 꾸미고, 아이들은 온 학교를 돌아다니며 각종 이벤트와 이색 체험을 즐긴다. 이날 하루만큼은 학교 전체가 작은 테마파크로 변신하는 것이다.

단 하루의 축제지만 이날을 위해 아이들은 실로 어마어마한 준비 과정을 거친다. 무에서 유를 창조해내야 하는 거대한 프로젝트여서다. 축제가 시작되기 훨씬 이전부터 아이들은 여러 번의 학급 회의를 진행했다. 콘셉트를 잡는 것부터 당일 세부적인 역할 분담, 손님 대응 멘트와 선물 증정 요령까지 모두 아이들이 의논해서 결정해야 할 사항이었다.

모든 것이 순조롭지는 않았다. 아이들 수만큼 서로 다른 생각들이 쏟아졌고, 의견이 분분했으며 결론이 쉬이 나지 않았다.

"우리 미니 게임장으로 만들자."

"뭐래~ 그거 재미없어. 아예 노래방으로 만들자. 인기 많을걸?"

"야, 그거 별로야. 좀비 체험으로 할까?"

끊임없이 의견을 내는 아이도 있지만 무조건 귀찮다고 하는 아이도 있고, 매일 방과 후에 남아 적극적으로 참여하는 아이도 있지만, 학원 일정으로 바빠 참여가 어려운 아이도 있었다. 학교에서 해결되지 못한 문제는 SNS로 수시로 의견 취합을 해가며 느리지만 작은 사항부터 하나씩 하나씩 단추를 끼워 나갔다.

겨우 하나가 결정되면 꼭 반대 의견을 가진 아이들이 나타나 설득 과정이 필요하기도 했고, 큰 테마를 결정하고 세부적인 것까지 정하는 과정에서 전체가 다시 원점으로 돌아가 힘이 빠지기도 했다. 결정과 번복, 대립과 설득이 반복되는 날들이 이어졌다. 아이들은 이 과정에서 신이 났다가 풀이 죽기도 하고 척척 진행되다가도 좌초되어 좌절하는 경험을 겪기도 하였다.

어느 날은 아이들이 나에게 SOS를 쳤다. '귀신의 집'으로 생각을 정했는데 교실 안으로 불빛이 들어오지 않게 해야 한다는 것이었다. 그리고 교실 안을 미로 공간으로 구성하려는데 다양한 의견 가운데 어떻게 해야 할지 감을 잡기 어렵다는 것이었다.

어서 오세요, 좌충우돌 행복 교실입니다

"선생님~ 여기 검은 종이를 사서 창문을 다 막으면 되지 않아요?"

"야, 그러면 종이를 너무 많이 사야 하잖아."

"흰 종이가 더 싸니까 거기 검은 물감으로 색칠할까?"

"이제 며칠 안 남았는데 그거 언제 다 색칠하냐? 박스가 낫지."

여러 아이디어가 쏟아지는 가운데 나는 현실적인 방법을 제안할 수밖에 없었다. 마냥 결론이 나기에 두기에는 시간과 예산이 한정적이어서다.

"우리 어차피 버려질 종이를 마구 사는 것보다는 박스를 들고 와서 창문에 붙이는 것이 좋을 것 같아. 그리고 실내가 어두우면 흰 종이라도 크게 문제가 될 것 없으니 일일이 어두운색으로 칠하지 않고 그냥 흰 종이로 미로를 만들어도 괜찮을 것 같아."라고 말해주었다.

한 마디만 해 주었을 뿐인데, 아이들은 체한 것이 뻥 뚫린 듯 연신 "감사합니다~."를 외치며 "우리 아파트 오늘 분리수거 날인데 내가 박스 내일 가져올게, 내가 전지 문구점에서 사 올게."라며 신이 나 종알거렸다.

그동안 짜증도 나고 답답하기도 했을 테다. 하지만 그렇게 엉망진창인 것처럼 보이던 과정들이 시간이 지나며 하나씩 맞추어지고, 구체적으로 그려지는 단계에 들어서자 폭풍우가 지나간 뒤 잠잠해진 바다처럼 평화롭고 순조롭게 진행되기 시작했다.

아이들은 다시 활기를 띠고 함께 바퀴를 굴려 나가기 시작했다. 감독, 기획, 장소 세팅, 재료 준비, 디자인 등의 역할을 나누어 각자 맡은 역할에 최선을 다했다. 교실은 으스스한 귀신의 집으로 점점 변신해갔다.

"이 부분에 빨간 물감으로 튀기면 더 느낌이 살 것 같아."
"지한아, 여기 종이 끝 한 번만 잡아줘."
"예서야, 테이프 좀 뜯어줄래?"
"우리 신나는 노래 틀어 놓고 하자."라며 아이들은 땀을 뻘뻘 흘리면서도 신이 나서 귀신의 집 꾸미기에 빠져들었다.

준비 과정부터 전교생의 기대를 모았던 우리 반 귀신의 집은 대박이 났다. 동 학년뿐만 아니라 다른 학년에까지 재미있다고 소문이 나서 복도에 길게 줄을 서서 한참을 기다려야 입장할 수 있는 수준이었다. 아이들은 마치 놀이공원의 직원처럼 친절하고 자세하게 손님들을 맞이했다. 오전에 무리해서 몰두한 탓에 지치기도 했지만, 짬짬이 서로 쉬라고 독려도 하고 기다리는 손님을 배려해 의자도 구해와 놓아주는 등 문제점이 발견되면 발 벗고 나서 해결하며 귀신의 집 운영에 최선을 다했다.

혼자서는 절대 해내지 못할 이 거대한 프로젝트를 아이들은 서로 도와가고 격려해나가며 해내고 있었다. 처음부터 끝까지 스스로 이끌고 온 것이기에 그만큼 몰두했고 마음을 다했다.

축제가 끝나고 베스트부스를 뽑는 투표에서도 당당히 입상했다. 아이들은 환호성을 지르며 얼싸안고 소리 질렀다. 교실 가득 함박 웃음꽃이 피었다. 아이들의 얼굴에는 기쁨과 뿌듯함, 해냈다는 성취감이 가득했고 등을 토닥이며 수고했다는 인사가 절로 쏟아져 나왔다. 서로 의견을 존중하며 소통하고 힘든 일은 도와가며 쌓은 결과였다.

이 과정을 지나오는 동안 아이들에겐 어떤 변화가 일어났을까? 무엇을 느꼈을까?

나는 흐뭇하게 웃으며 아이들을 바라보았다.

아이들이 서로 협력하여
성취해내는 기쁨을 느끼게 해주세요.

아이들은 저마다의 장점과 뛰어난 능력을 갖추고 있습니다. 혼자 하기 어려운 일도 함께 힘을 모아 해내게 되었을 때의 성취감과 서로에 대한 소중함은 실제로 부딪혀보고 이루어냈을 때 온 마음으로 느낄 수 있습니다. 협력하는 자세가 더욱 중요한 역량으로 자리 잡은 요즘, 각자 가진 능력을 발휘해서 공동의 목표를 이룰 기회를 제공해주세요. 친구들을 존중하는 마음과 함께하는 힘의 위력을 느낄 수 있는 소중한 시간이 될 것입니다.

있는 그대로의 너

최혜림(시초초등학교)

　학부모 상담을 하다 보면 '우리 아이가 조용해서 눈에 띄지 않아 선생님의 관심을 받지 못할 것 같아 걱정된다.'라는 말을 들을 때가 있다. 외향적인 모습을 긍정적이라고 인식하는 정서 때문인 듯하여 부모님의 우려가 한편으로는 이해가 된다. 그러나 나는 그런 이야기를 들을 때면 왠지 모르게 웃음이 먼저 나온다. 보통 그런 아이들일수록 교실에서 조용히 자신의 할 일을 잘하는 경우가 많기 때문이다.

　올해 만난 영우도 그런 아이였다. 이번 상담에서도 나는 단 일 초의 지체도 없이 "걱정하지 마세요. 영우만큼 교실 생활 열심히 하는 친구도 없답니다. 제 눈길은 말이 많은 친구들에게 가기보단, 제 일을 잘해내고 있는 아이들에게 가거든요."라고 대답했다. 과한 행동이나 큰 목소리로 존재감을 표시하는 경우도 눈길이 가지만 그런 경우에 내 표정은 그다지 좋지 않다. 조용한 학습자들에게 향하는 시선의 온도에서 분명 차이가 있는 것이다.

우리 반 영우는 목소리가 참 작다. 6학년을 담임하다 4학년을 맡아서 그런지 유난히 더 작아 보이는 영우의 목소리는 개학하고서도 며칠이 지나고서야 처음 듣게 되었다. 발표할 때를 제외하고는 내 주변으로 오지 않는 아이라, 내게 무언가를 묻기 위해 다가온 아이의 목소리를 처음 듣게 되었을 때 왠지 모르게 기뻤다.

석 달을 지내며 느낀 점은 영우는 꼭 필요할 때만 말한다는 것이다. 말할 필요가 없는데도 말하기를 좋아하는 나와는 사뭇 다른 아이다. 이런 아이가 농담하면 더 귀엽다. 가끔 발표하러 나와서 조용히 서 있다가 개다리춤을 추고 들어가는데 그때는 내가 알던 아이가 맞나 싶어 더더욱 웃음이 나온다.

나는 말이 많고 목소리가 크다. 학창 시절에도 짝과 이야기를 나누면 늘 나만 혼날 정도로 숨길 수 없는 발성의 소유자다. 내가 갖지 못한 것을 가졌다고 생각해서인지, 나는 이상하게 조용한 친구들에게 마음이 간다. 쉽게 사람과의 거리를 좁히지 않는 사람들의 마음을 얻으며 가까워지는 경험은 더욱 특별하다. 경계심이 많은 아이가 마음을 열어가며 내게 허용하는 'personal space'가 넓어지는 경험도 어쩌면 교사의 특권이 아닐까 하는 생각이 든다.

아이들의 침묵을 관찰한다. 언제 침묵하고 언제 말하는지를 관찰한다. 긍정적인 침묵의 힘을 믿는다. 그리고 가끔은 나도 침묵해야 한다고 느낀다. 끝없는 가르침을 주는 교사의 역할은 내게는 좀 버겁다. 오히려 아이를 관찰해서 무언가 즐거운 일, 계속하고 싶은 일을 발견해 주는 것이 어쩌면 지금 내가 맡은 교사의 일이 아닐까 싶다.

그래서 나는 가끔은 말없이 아이들을 바라본다. 아이들이 침묵할 때 함께 침묵한다. 불안해하지 않고, 조급해하지 않고 아이의 속도를 살펴보는 것이다. 오늘도 나는 아이의 침묵을, 조용한 아이를 있는 그대로 받아들이자는 다짐을 한다.

아이들 모습 있는 그대로를 받아들여 주세요.

학급살이를 하다 보면 아이들의 여러 모습을 만나게 됩니다. 잘못된 행동이 아닌데도 더 좋은 행동 방식을 따라가라는 세상의 압박을 받는 아이들을 보면 안타까울 때가 있습니다. 그럴 때 교사는 네 모습 그대로도 충분하다는 말을 해 줄 수 있는 사람이면 좋겠습니다. 선생님의 다정한 말 한마디가 자신을 사랑하게 하는 힘이 됩니다. 선생님의 따뜻한 시선이 아이의 성장에 단비가 됩니다.

하나쌤의 해방 일지

하나(수원잠원초등학교)

정지아 작가의 『아버지의 해방일지』를 읽었다. 책의 첫 문장은 "아버지가 죽었다."이다. 아버지의 장례식장에 찾아온 사람들의 사연을 통해 '빨갱이' 아버지가 아닌 인간적인 아버지, 이념을 뛰어넘어 사람을 사람답게 대한 어른의 모습을 그린 작품이다. 서글프디 서글픈 일화인데 실실 웃음이 나오고, 억울하기 그지없는 사연인데 가슴이 따뜻해지는 소설이었다.

이 책의 이야기만큼 나의 교실 이야기는 서글프거나, 애달프지는 않다. 훌륭한 작가의 글솜씨를 감히 쫓아갈 수도 없다. 그런데도 감히 제목을 빌려 쓴 이유는 나의 글도 사람들 이야기이기 때문이다. 소중한 사람들 이야기를 조심스럽게 꺼내 보겠다.

첫해부터 꾸준히 모아온 아이들의 편지와 학급경영록, 그리고 앨범을 한 장 한 장 훑어보니 피식 웃음도 나고, 울컥 눈물도 고인다. 그리운 아이들의 얼굴이 둥실둥실 떠오른다. 모두 소중한 제자들이기에 모든 일화를 기록하고 싶지만, 기억의 순서에 의존해 몇 가지 이야기만 꺼내는 것이 아쉬울 따름이다.

첫해부터 모아온 아이들의 편지

우선 교직 첫날의 기록부터 시작해야겠다.

왼쪽의 사진 자료는 손수 쓴 첫날 일과표다. 몇 번이고 되새김하며 꼼꼼히 준비했다. 긴장감을 가지고 시작한 첫날 수업은 완벽했다. 협동 담임 선생님께서도 신규 교사답지 않게 학급 운영을 잘한다고 격려해주셨다. 순조로운 시작에 자신감도 덩달아 수직 상승했다.

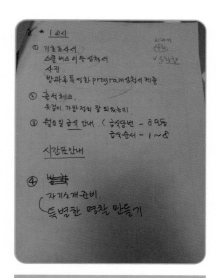

첫날 일과표 수기

하지만 몇 달 지나고 보니 문제가 발생하기 시작했다. 수업 내용은 우수했지만, 아이들을 다루는 기술이 부족했고 시장판이 되기 일쑤였다. 또 그럴수록 유난스럽게 행동하는 아이들이 도드라졌다. 훈육의 일관성이 부족했고 강

약 조절을 잘 못했다. 그때는 지금보다 더 유순한 사람이었기 때문이다. 엄할 때는 정확하고 단순하게 접근해야 하는데 자꾸 설득하고, 수용하느라 시간을 허비했다. 나의 미숙함으로 인해 혹시 아이들이 힘들었던 건 아닐까? 여전히 아쉬움과 미안함이 남는다. 그런데 대학생이 된 제자들이 연락을 해왔다. 죄송함을 전하고 싶다는 이유였다. 오히려 아이들이 죄송하다고 하다니….

"선생님, 저희가 많이 부족했었어요."

나는 나의 미숙함으로 인해 괴로웠는데 제자들은 본인의 미숙함을 되돌아보았다고 생각하니 너무나 고맙고 미안한 마음마저 든다. 좀 더 좋은 교사가 되어주고 싶었는데…..

초임 시절 응원해주시고, 보듬어 주셨던 학부모님도 떠오른다. 걱정스러운 일이 생길 때면 중심을 잡아주시던 분이었다. 당시에는 잘 모르고 지나갔지만, 신규 교사의 노력을 믿고 기다려준 어른스러운 분이셨던 것 같다. 온화했던 미소와 그 아들의 눈웃음을 나는 아직도 기억한다. 그런데 그 어머님께서 암 투병으로 오래 고생하셨고 결국 소천하셨다는 소식을 들었다. 얼마나 마음이 미어지던지….. 아이는 어머님의 임종을 잘 이겨냈다 들었고, 가끔 그 아이의 사진을 꺼내어 보며 마음으로 응원하고 있다.

매해 거르지 않고 편지와 소식을 전하는 제자도 있다. 클라리넷을 연주하며 오케스트라에서 공연도 하는 멋진 아이이다. 키도 훤칠한 훈남 학생이며 발달장애와 자폐 스펙트럼을 가지고 있는 소중한 제자이다. 최근에는 대학교에도 당당히 입학했다. 아이의 성장과 새로운 도전은 교사로서 경험할 수 있는 최고의 기쁨이자 자랑이다. 제자의 기쁜 소식을 접하는 것만으로도 감사한 일인데 이 아이는 정말 매해 연락을 준다. 한 번도 빠짐이 없다. 대단한 일이라고 생각한다. 〈스승의 은혜〉를 클라리넷으로 연주하여 보내준 제자의 영상을 자주 돌려 본다. 매해 난 이 아이의 소식을 마음 벅차게 기다린다.

이혼한 부모님의 소식을 전하며 서글퍼하던 제자도 기억한다. 많이 암울한 시간을 버틴 것 같았고, 위로해줄 친구를 만나 풋풋한 연애를 하던 제자! 지금은 잘 극복했기를 빌고 또 응원한다.

퇴근할 때까지 남아 수다도 떨고 함께 공부도 하던 아이도 생각이 났다. 그 아이와 함께 먹었던 뼈해장국! 그 아이는 뼈를 야무지게 발라 먹었다. 이가 고르지 못해 발라먹는 걸 잘 못하는 나는 부러운 눈빛으로 지켜봤었다. 초등학교 여학생이 뼈를 야무지게 발라 먹는 모습이 얼마나 기특하던지, 여전히 잘 지내고 있을까?

요즈음 교실은 교사 혼자 분투하는 전쟁터 같다. 하지만 정말 좋은 교실에는 학생의 성장과 학부모의 신뢰가 공존해야 한다. 인간관계는 완벽함을 통해 완성되는 것이 아니라 부족함을 서로 인정하며 함께 만들어 가는 것이기 때문이다. 이런 관계를 배우는 것 역시 공부이며 학교가 존재하는 이유 중 하나라고 나는 믿는다.

사람을 배우는 곳이 학교입니다.

　좋은 교실은 교사의 부단한 노력, 아이들의 꾸준한 성장, 학부모들의 깊은 신뢰가 공존해야 만들어집니다. 아이들은 교사, 부모, 친구와 깊은 인간관계를 통해 성장하지요. 인간관계는 완벽함을 통해 완성되는 것이 아니라, 부족함을 서로 인정하며 함께 조정해가는 것입니다. 이런 관계를 배우는 것 역시 공부이며 학교가 존재하는 이유 중 하나라고 믿습니다.

푸른 여름 위에 우리들

허영운(남광초등학교)

쏴아아아. 장맛비가 쏟아져 내린다. 창문 너머로 들리는 시원한 빗줄기 소리에 아이들도 나도 시선을 빼앗긴다. 순식간에 창문은 물빛 바코드로 가득하고 흘러내리는 물방울처럼 아이들의 기운도 점점 아래로 가라앉는다. 먹구름이 하늘에만 떠 있는 것이 아니라 교실 가득 차 있는 것만 같아 수업하는 내 마음도 무거워진다.

"선생님, 오늘은 온종일 졸려요."
"오늘은 그냥 다 싫고, 그냥 짜증나요."

비가 오는 날이면 어째서인지 아이들의 학교생활이 힘들어진다. 평소라면 생기지 않을 사건과 사고도 이런 날이면 꼭 한두 건씩 일어난다. 날씨가 덥고 습해서 아이들은 불쾌한 상황이 생기거나 친구가 조금이라도 귀찮게 하면 예민한 고양이처럼 발톱을 드러내곤 한다. 다투고 있는 아이들의 이야기를 듣다 보면 사소한 일에 서로를 힘들게 하고 있다. 다툼을 중재하고 나서 아이들에게 장마철 생활지도를 한다.

"애들아, 다들 덥고 습하니까 힘들지? 비까지 내리니까 너무 힘들다. 이런 날에는 마음의 여유도 줄어드는 것 같아. 이런 때일수록 서로를 더 배려해야 하지 않을까?"

언제부터인가 장마철이 되면 아이들과 꼭 하는 활동이 있다. 바로 빗소리 들으며 명상하기이다. 교실 전등을 끄고 다 함께 눈도 감고 빗소리에 집중한다. 창문을 아주 조금만 열어도 바깥에 내리는 빗소리가 귓가까지 전해진다. 시원하게 쏟아내는 소리가 들린다. 그러다가도 잔잔하지만 꾸준하게 내리는 소리가 들리기도 한다. 빗소리만 들리다가도 선풍기 돌아가는 소리, 에어컨 소리로 귀가 따라간다. 차분하게 소리를 따라가다 보면 날카롭던 마음도 조금씩 고요해진다. 빗소리로 마음을 조금 씻어내고 나면 아이들과 함께 더 맑아진 눈을 뜬다. 빗소리로 씻어낸 마음으로 남은 시간을 보낸다.

　습하고 더운 장마는 곧 끝이 날 것이다. 그리고 언제 그랬냐는 듯이 해가 쨍쨍 빛나는 날이 쏟아질 것이다. 조금은 눅눅한 마음으로 견디는 날들이 있겠지만 아이들은 그런 마음을 잘 말리고 곧 푸른 여름 위에서 춤출 것이다. 그때까지 우리 잘 견뎌보자. 물웅덩이 위를 동그란 물결로 어울리는 빗방울들처럼 우리 잔잔하게 잘 어울려보자.

선생님을 위한 날은 반드시 옵니다.
혼자가 아님을 꼭 기억해 주세요.

학교생활이 언제나 평화롭고 아름답다면 좋겠지만 그러지 못한 날들도 있지요. 힘든 일이 연속으로 생기는 일도 있어요. 마치 장마철에 끝도 없이 비가 내리고, 더운 날이 계속되는 것처럼요. 하지만 모든 것에는 끝이 있어요. 선생님이 지나가고 계신 장마 같은 어려운 상황도 언젠가는 끝이 날 거예요. 환한 해가 선생님을 맞이할 거예요. 선생님을 위한 햇볕 아래로 춤출 날이 올 거예요. 너무 힘든 날에는 선생님의 마음을 덜어줄 수 있는 동료를 찾아주세요. 분명 제습기가 더운 습기를 빨아들이듯이 선생님의 마음을 조금이라도 편하게 해 줄 동료가 있을 거예요. 선생님은 혼자가 아님을 알아주세요. 그때까지 우리 함께 힘내요.

선생님, 지루하지 않으세요?

황재흠(영주서부초등학교)

매년 새 학기 첫날이 되면 가정에 교사 소개와 교육철학이 담긴 편지와 함께 '아동기초 조사서'를 보낸다. 1년을 함께 부대끼며 살아갈 아이들을 하루 빨리 알아가기 위함이다. 아동기초 조사서에는 아이의 생활과 학습 전반에 대한 질문이 담겨 있고 그중 숙제에 관하여 부모님의 의견을 물어보는 질문이 있다. 매년 한두 분의 부모님께서 콕 집어 '일기'를 숙제로 내지 않았으면 좋겠다는 의견을 주신다. 아이들의 하루가 매일 특별하지 않고 학교, 학원, 집으로 이어지는 반복의 연속이기 때문에 일기로 쓸 거리가 없다는 이유에서다. 아이들에게도 일기 쓰기를 숙제로 제안하면 부모님과 같은 이유를 들며 일기 쓸 내용이 없다고 한다. 다람쥐 쳇바퀴 돌 듯 일상이 반복되는 것 같지만 자세히 들여다보면 똑같은 날은 존재하지 않는다. 생각해 보자. 아이들은 매일 학교에 와서 수업을 듣지만 시간마다 배우는 교과가 다르고 수업 활동이 다르다. 우리는 매일 점심을 먹지만 메뉴가 다르지 않는가? 그로 인해 매일 다른 일을 겪고 있을 것이다. 분명 어제와 다른 하루를 살고 있지만 우리가 새로운 무언가를 발견하지 못할 뿐이다.

그렇다면 교사의 하루는 어떨까? 더 넓게 교사의 1년은? 학교마다 학사일정에 차이가 있지만 새로운 학년이 시작되는 3월부터 학년이 마무리되는 2월까지 월별로 꼭 해야 하는 일이 있다. 학사일정과 월중 행사에 따라 해야 하는 업무도 부서별로 정해져 있다. 담임 교사 역시 교실에서 달마다 해야 하는 일이 정해져 있다. 누군가는 매년 반복되는 일이 형식적이고 무료하게 느껴질 수 있다. 반면 누군가는 새로운 도전을 하며 성장의 기회로 삼기도 한다.

"선생님 질문 있는데요. 5학년을 여러 번 하셨는데 지루하지 않으세요? 저는 2년째인데 작년과 수업이 비슷하니 재미가 없네요."

동 학년 선생님이 5학년 담임을 5년 연속으로 해 온 나에게 던진 질문이다.

"사실 교육과정이 바뀌지 않아서 수업 내용은 똑같지만 매년 만나는 아이들이 다르잖아요. 그래서 같은 내용을 수업하고 있지만 수업 과정과 결과가 다르니 지루하다는 생각은 해보지 않았어요. 오히려 작년에 망친 수업을 올해 더 잘해보고 싶은 생각을 자주해요. 새로운 시도나 재도전이랄까?"

동 학년 선생님 말처럼 2018년부터 2022년까지 5학년을 가르쳤다. 다행히(?) 그사이 교육과정이 개정되지 않아 동일한 교육과정을 가르치는 행운을 누렸다. 5학년 3년 차쯤 되니 교육과정과 교과서를 따로 살펴보지 않아도 어떤 단원에서, 무엇을, 어떻게 가르치면 되는지 머리에 그려질 정도.

모든 수업이 처음이고 낯설었던 2018년 첫 5학년 시절, 하루살이처럼 다음 날 수업을 준비하느라 정말 힘들었다. 고생해서 수업을 준비했지만 성공보다는 실수와 실패의 수업이 더 많았다. 쓰라린 시행착오 덕분에 5학년 3년 차가 되어 제법 만족스러운 수업을 할 수 있게 되었다.

'작년에 이렇게 했더니 아이들이 이해하지 못했어. 올해는 이 방법을 해볼까?'

'이 부분을 많이 헷갈려 하니 더 신경 써서 수업해야지.'

'이 프로젝트 수업에서 이 활동 추가하고, 이 활동은 하지 말아야겠다.'

수업 준비 시간이 줄어들고 수업 만족도가 올라가면서 시간적, 심리적 여유를 가질 수 있었다. 그래서 새로운 교수법을 연구하여 실천하고, 재미있는 학급 활동을 적용하면서 나만의 교육과정을 만들어 갈 수 있었다.

"좋았던 수업과 활동은 그대로 유지하거나 개선했어요. 반대로 큰 효과 없다고 생각한 활동은 과감하게 제외했습니다. 수업 준비 시간이 줄어서 이것저것 새로운 것을 준비해서 실천할 수 있었어요. 선생님도 작년과 다르게 새로운 것을 도전해 보면 어떨까요?"

『모든 꽃이 봄에 피지는 않는다』에 "반복되는 일을 매번 새롭게, 끊임없이 더 좋게 만들려고 혁신하는 것, 이 과정을 잘 견디는 사람만이 자신의 분야에서 왕관을 쓸 수 있다."라는 문장이 나온다. 내가 학교나 교실에서 하는 일을 '혁신'이나 '왕관'이란 단어와 비교하기엔 무리가 있지만 반복되는 일상 속에서 새로운 것을 도전하고, 시도하면서 나의 분야에서 꾸준한 배움과 성장이 일어나길 꿈꾼다.

이후에도 동 학년 선생님은 "선생님, 같은 학년 지루하지 않으세요?" 질문을 몇 차례 더 했다. 그때마다 나의 대답은 한결같았다.

"지루하다니요! 이번에 이 수업을(교과를) 작년과 조금 다르게 해봤어요. 작년에 이렇게 했는데 아쉬운 점이 있어서 이번에는 이렇게 해봤더니 훨씬 재미있었어요! 자료 보내드릴게요."

올해는 처음으로 4학년을 맡게 되었다. 다시 낯선 교육과정과 교과서로 수업 준비에 애를 먹고 있다. 4학년은 지금까지 만난 5학년과 다른 처음 접하는 신인류이다. 5학년과 1년 차이지만 달라도 너무 다르다. 지루할 틈이 없다.

같은 학년 연속으로 3년 맡으면
전문가가 될 수 있어요.

지금 맡은 학년이 선생님과 잘 맞는다면 연속으로 맡아보길 추천합니다. 초등교사는 1학년에서 6학년까지 국어, 수학, 사회, 과학 등 다양한 과목을 가르칩니다. 매년 학년이 달라진다면 학급운영과 수업준비에 많은 시간과 에너지가 필요할 수밖에 없습니다. '서당 개 삼 년이면 풍월을 읊는다.'라는 말처럼 같은 학년을 여러 번 경험하며 선생님만의 학급운영과 교육과정, 1년의 루틴을 만들어 보세요. 그러면 다음에 어떤 학년을 맡더라도 흔들리지 않는 선생님만의 노하우를 가지게 될 거예요.

2부

배움

가르치고, 이해하고,
받아들이는 순간

뭐 눈에는 뭐만 보인다

곽초롱(창원교동초등학교)

유월의 어느 날이었다. 4층에서 3층으로 내려가는 계단에서 교무선생님을 만났다. 교무선생님은 나를 다급하게 부른다.

"학폭. 학폭. 4학년 학폭!"

숨넘어갈 듯한 교무선생님의 말에 가슴이 덜컥 내려앉았다. 1학기가 마치지 않았음에도 학교폭력 접수 건은 이미 두 자릿수를 넘기고 있었다. 심장이 뛰기 시작했다. 마음속으로 제발 심각한 사안이 아니길 빌며 3층에 있는 4학년 연구실로 들어갔다. 역시나 심각한 상황 탓인지 4학년 담임 선생님 다섯 분이 모두 모여 계신다. 침착하려고 애를 쓰며 묻는다.

"선생님, 4학년 학폭 생겼다면서요? 무슨 일이에요?"

갑자기 눈동자 10개가 의아한 듯 나를 향한다.

"학폭? 우리 아무 일 없는데… 혹시 3반에 문제 생겼어요?"
"우리 반? 아니요. 우리 괜찮은데?"
"그럼 2반?"
"4반?"
"5반인가?"

갑자기 모든 선생님이 토끼눈으로 서로를 응시한다. 정적이 흐른다. 느낌이 싸하다. 이게 아닌데. 식은땀을 삐질 흘리며 조심스레 말문을 연다.

"저… 교무선생님께서 방금 엄청 다급하게 방금 4학년 학폭이라고 하고 가셨는데….".

갑자기 한 선생님께서 웃으시며 말씀하셨다.

"아~ 팝콘? 학폭이 아니라, 팝콘!"

그러고 보니 온 연구실에 고소한 냄새가 진동한다. 4학년은 행복 학년을 운영 중이다. 오늘 아이들과 행사가 있어 모든 선생님이 모여 팝콘 기계로 팝콘을 튀기는 중이었다. 하하하. 학폭이 아니라 팝콘이라 천만다행이다. 부처님 눈에는 부처님만, 돼지 눈에는 돼지만 보인다더니. 학폭 담당자는 팝콘도 학폭으로 들었다. 뭐 눈에는 뭐만 보인 것이다. 그래도 학폭이 아니라니 기분 좋은 일이다.

2년간 학교폭력 업무를 하며 겪은 일을 말하자면 책 한 권을 내도 모자랄 것이다. 학교가 언제부터 경찰서와 법정이 돼버렸는지 모르겠다. 담당자라는 이유로 잘못도 없이 한 시간 넘게 하소연을 넘어선 협박과 폭언을 듣는 일은 너무나 당연한 일상이 되었다.

누군가를 사랑하는 방식은 팝콘과 학폭처럼 비슷하게 들려도 전혀 다를 수 있다. 부모와 다른 방식으로 아이를 사랑하는 것도 이해받고 존중받을 수 있는 안전하고 따뜻한 학교를 오늘도 꿈꾼다.

자신을 먼저 지키세요.

　이 말을 다른 말로 바꾸면 "선생님이 먼저 행복해야 아이들도 행복하게
할 수 있다."입니다. 비행기가 위급상황이 되면 산소마스크가 내려옵니다.
산소마스크를 쓸 때 자기가 먼저 산소마스크를 쓴 다음 옆 사람을 도와주
라는 원칙을 설명합니다. 안전한 교실에는 이 산소마스크와 같은 원리가
필요합니다. 교사의 내면에 먼저 여유가 생겨야 아이들을 진정으로 이해
하고 사랑할 수 있습니다.

남자 화장실이 막혔어요

김건(배곧해솔초등학교)

우리 반은 매일 식사 전에 알림장을 쓰고 손을 씻는다. 그리고 예쁘게 줄을 서면 급식을 먹으러 출발한다. 이제는 매일매일 루틴이 된 일상인데 오늘은 좀 달랐다.

알림장 검사를 받고 손을 씻으러 간 남학생들이 마치 파발처럼 한두 명씩 끊임없이 내게 다가와 안타까운 소식을 전한다.

"선생님! 남자 화장실이 막혔어요!"

음? 도대체 뭐가 어떻게 막혔다는 거지? 나는 두 번째 파발에게 물어본다.

"어디가 어떻게 막힌 건데요?"

"남자 화장실 세면대에 휴지가 가득 차서 물이 안 내려가요!"

우리 반은 이제 막 알림장 검사를 마치고 화장실을 갔기에 그 짧은 시간 세면대를 막히게 했을 리는 없다. 그러니 일단 범인을 밝혀낼 필요는 없고, 이참에 공공재를 소중하게 쓰는 것에 대해 교육을 해야겠다는 생각이 이 짧은 대화의 순간 머리를 스쳐 지나갔다.

어찌 되었건 나에게 파발들이 계속 오고 있으니 또 다른 파발들의 도착을 막기 위해 직접 출동하여 해결하려던 찰나, 윤성이가 조용히 다가와 중얼거렸다.

"내가 뚫었는데."

윤성이는 항상 혼잣말하는 학생이었다. 교사의 설명에 딴지를 자주 걸고 부정적인 사고가 많이 있어 학기 초에 여러 방식으로 지도했고, 자신의 감정을 잘 통제하고 말로 표현하지 못해 싫거나 속상한 일이 있으면 무조건 엉엉 울었다. 하여 많은 학생이 윤성이를 피하곤 했는데, 리코더에 자신감이 붙기 시작한 이후로 멋진 모습을 자주 보여주고 있었다.

나는 윤성이의 중얼거림을 듣고 적잖이 놀랐다. 그 부정적이고 감정표현에 서툴던 학생이 이렇게 아름다운 일을 하다니. 나는 다른 남학생들과 함께 세면대를 확인하러 갔고, 대단한 일을 했음에도 아무렇지 않게 자신의 다른 일을 하는 윤성이의 모습을 보며 긍정적인 충격을 받았다.

누군가는 해야 하는 일이었다. 하지만 어떤 학생도 온갖 더러운 물이 고여 있는 막힌 세면대에 손을 넣어 휴지를 빼낼 생각을 하지는 못했다. 파발처럼 내가 해결해주기를 바랐을 뿐. 물론 내가 해결할 수도 있었지만, 누구도 하고 싶지 않아 하던 그 일을 해낸 윤성이가 나는 참 기특했다.

"모두 잠시 윤성이에게 박수를 보내줍시다. 박수!"
"와아아!"

아이들은 어리둥절하며 일단 박수를 보낸다.

"선생님 근데 윤성이 왜 박수받아요?"
"윤성이가 남자 화장실 세면대의 막힌 부분을 뚫었습니다. 누군가 해야 하는 일이지만, 누구도 하지 않는 일을 누구도 시키지 않았는데 스스로 할 때 선생님은 참 기쁩니다."

아이들의 눈이 초롱초롱해지고 박수 소리는 더욱 커진다.

나는 내가 할 수 있는 최고의 표현과 마음을 담아 진심으로 윤성이를 칭찬하고 보상했다. 윤성이가 보상이나 칭찬을 바라고 한 행동이 아니었기에 더욱 값졌다. 그리고 나는 윤성이의 긍정적인 면을 더욱 많이 발견할 수 있어 행복했다.

오늘의 칭찬과 보상이 윤성이와 주변 학생들에게 어떤 영향이 갈지는 알 수 없지만, 윤성이와 같은 행동을 할 줄 아는 학생들이 더욱 많아졌으면 한다. 이런 학생들이 자라서 멋진 사회인들이 될 테니까!

긍정적인 면을 더욱 많이 발견할 수 있으면 행복합니다!

학급에 꼭 별처럼 빛나는 예쁜 학생만 있는 것은 아닙니다. 때로는 방해 행동으로 교사나 다른 친구들에게 고통을 주는 학생도 있을 수 있습니다. 그로 인해 힘들 때마다 '한 명만 온종일 관찰합니다. 종일 한 명만 관찰하다 보면 몰랐던 부분도 보이고 긍정적인 모습들이 하나씩은 발견됩니다. 힘들 때마다 모든 학생에게 저마다 긍정적인 부분이 하나쯤은 있다는 걸 다시 새기면서 관찰하고, 긍정적인 부분을 칭찬해 가까워진다면 선생님도 조금은 편안해질 것입니다.

숨은 교실의 힘

김소희(정왕초등학교)

장염에 걸려 결석했던 수연이가 일주일 만에 교실로 돌아왔다. 수연이는 기분에 따라 행동이 자주 좌지우지되는 아이다. 한없이 친구에게 다정했다가도 망설임 없이 손이 먼저 나가기도 한다.

오랜만에 등교했는데 쉬는 시간에 수연이는 성민이를 울려버렸다. 둘이 말다툼을 하다 기분이 나빠진 수연이가 성민이를 꼬집은 모양이었다. 성민이가 울자 주변 친구들이 모여들었다. 왜 우는 거냐고 여럿이 달려들어 묻지만 다들 어찌지는 못하고 성민이를 달래주고만 있는데 멀리서 지켜보던 주영이가 다가온다.

주영이는 자기 할 일을 빈틈없이 잘 해내고 속이 깊은 아이다. 마음이 앞서거나 그래서 참견하는 법 없이 필요한 순간에는 친구들을 잘 독려하며 도와주는 의젓한 면이 있다. 지금, 이 순간이 주영이는 자신이 도움을 주어야 할 때라고 판단한 모양이었다.

　주영이는 먼저 성민이에게 다가가 자초지종 상황을 물었다. 그리고는 멀찍이 떨어져 이를 지켜보고 있던 수연이에게 다시 다가갔다. 혼자 있는 수연이 옆에 앉아 자분자분 대화를 나누었다. 모니터 너머 못 본 척 앉아 있던 나는 불편했지만 잠깐 참고 기다려 보기로 했다. 1학년 교실에서 갈등이 생겼을 때, 아이들끼리 스스로 해결해보려 하는 시도를 잘 볼 수 없었기 때문에 이 상황이 어떻게 흘러갈까 궁금하기도 했다.

　한참 수연이와 이야기를 나누던 주영이가 일어났다. 그리곤 수연이의 손을 잡고 일으켜 세우더니 성민이에게로 함께 걸어왔다. 주영이는 먼저 성민이에게 수연이의 사과 의사를 전달하였고 이어 수연이가 성민이에게 사과의 말을 건네었다. 수연이는 평소 쉽게 자기 잘못을 잘 인정하지 않는다. 엄마가 학교에서 친구와 다투면 '절대 지지 마라!' 했다고 말하며 자기 행동에 정당성(?)을 보태기도 한다. 그런 수연이를, 주영이가 몰아세우지도 부끄럽게 만들지도 않고 스스로 사과하고 화해하게 만든 것이다.

　주영이의 비법이 궁금하여 따로 살짝 불러 물었다.
　"아~ 수연이랑 저는 같은 유치원을 다녔는데 수연이가 유치원 다닐 때도 항상 매우 그랬거든요. 그런데 이제 1학년이니까아 유치원 다닐 때랑 다르니까… 이제 컸으니까… 그러면 안 된다고, 그러지 말자고 말했어요. 친구를 꼬집으면 안 되는 거니까요."

주영이에게 참 고맙다고 대견하다고 말해주었다. 그리고 진심이었다. 반복되는 나와의 대면보다 수연이에게도 오늘의 일은 조금 다르게 느껴지지 않았을까. 내심 스스로 어떤 다짐을 했을지도 모를 일이다. 지켜보던 주변의 친구들도 분명 각자 나름으로 생각할 좋은 계기가 되었을 모습이 그려진다. 모두에게 긍정적인 영향을 주었으리라 기대해 본다.

종종 1학년이니까, 처음이니까, 어리니까 교사인 내가 나서야 한다고 해결해야 한다고 생각하고는 때론 힘에 부치기도 하는 어려움에 빠지기도 한다. 그동안 아이들이 자란 것인지 아니면 내가 미처 이제 발견한 것인지 모를 일이지만, 이제는 조금 더 '숨은 교실의 힘'을 찾아내는 것에, 그 힘을 믿어보는 것에 도전해 봐야겠다는 생각이 드는 하루였다.

선생님이 다 해내야 한다고 생각하지 마세요.

선생님 혼자 교실의 일을 다 해결해야 한다고 생각하면 외롭고 버거워질 수 있는 것 같아요. 아이들 속에 숨은 '교실의 힘'을 찾아내어 보세요. 선생님에게 힘(버팀목)이 되고 아이들에게도 힘(문제해결력)이 될 보물과도 같은 힘이 우리 교실에도 분명 숨겨져 있답니다.

나는 우리 동네 연예인

김율리아(안성초등학교)

　오늘은 주말을 맞아 요즘 취미로 푹 빠진 베이킹을 온종일 했다. 주말
이어도 매일 7시면 눈이 떠져서 오늘도 어김없이 일찍 일어났는데, 갑자
기 마들렌과 쿠키가 만들고 싶었다. 졸린 눈을 비비며 냉장고를 열어보
니 다른 재료는 다 있었는데 달걀이 없었다. 잠시 베이킹을 하지 말까 고
민을 했지만 이내 집에서 도보로 5분 거리에 있는 마트에 다녀와야겠다
는 생각이 들었다. 결국, 나는 세수할 정신도 없이 모자를 푹 눌러쓰고,
후줄근한 티셔츠 차림에 장바구니 하나를 들고 마트로 출발했다.

　마트에 도착해서 제일 중요한 달걀 한 판을 사고, 쿠키에 넣을 아몬드
슬라이스, 박력분 1kg, 오레오 쿠키, 쫄면 밀키트, 컵라면 몇 개를 담아
계산을 했다. 한 손에는 달걀 한 판, 다른 한 손에는 박력분 1kg을 포함
한 무거운 장바구니를 들고 집으로 향했다.

짐을 낑낑대며 들고 가던 중 저 멀리서 어디서 많이 보던 얼굴이 보였다. 바로 복도에서 나에게 몇 번 혼난 작년 옆 반 말썽꾸러기 학생이었다. 얼굴을 정면으로 마주한 터라 숨을 틈도 없이 나도 모르게 "어? 민수야, 안녕?"이라고 인사를 건네고 말았다. 그 아이도 어정쩡한 자세로 내게 인사를 하고 지나갔다.

'생각해 보니 그 아이 우리 아파트에 살았지? 작년에도 꽤 많이 마주쳤던 것 같은데, 졸업 후에도 이렇게 다 만나다니.'

나는 내 모교인 초등학교에 근무하고 있으며 이 초등학교로부터 걸어서 10분 거리에 있는 아파트에 20년 넘게 살고 있다. 여기에 살면서 준비되지 않은 채로 많은 아이를 마주쳐 난감했던 에피소드가 많다. 아파트 분리수거 날 분리수거장에 가면 어김없이 우리 반 아이를 마주치기 일쑤다. 작년에는 그래도 코로나로 인해 마스크를 쓰고 다녀서 직접 대면한 적은 적었지만, 이제는 마스크마저 쓰지 않으니 어딜 가나 아는 얼굴을 마주치게 된다.

이제 교직 5년 차로 접어든 내가 4년 전 가르쳤던 아이들은 현재 중학교 3학년이 되었고, 작년에 가르쳤던 6학년 아이들은 중학교 1학년이 되었다. 작은 동네라 그런 건지 다이소나 올리브영같이 자주 가는 상점을 갔다 오는 길에는 아이들을 많이 마주친다. 심지어 나는 그 아이가 누군지 모르겠는데 나를 알아보고 인사를 하는 경우가 생기면 당황스럽다.

아마 마스크를 썼던 아이들이라 더 그랬던 것 같다.

　심지어 4년 전에는 같은 아파트, 같은 동에 사는 우리 반 아이가 나와 같이 등교하겠다며 우리 집 앞에서 나를 기다린 적도 있었다. 평소 등교 시간보다 30분이나 일찍 나와 나의 출근 시간에 맞추려는 아이의 마음이 대견해 기쁜 마음으로 함께 출근했던 그 아이는 어느새 중학교 3학년이 되었다. 이제는 초등학생뿐만 아니라 중학생을 만나도 긴장해야 한다. 심지어 내년에는 고등학교 교복을 입은 학생들을 만나도 긴장을 해야 한다.

　'도대체 저 아이는 누구지? 교복을 입은 거로 봐서는 지금 우리 학교 아이들은 아닌데 말이야.'

　예전에 어디선가 '교사는 돈 없는 연예인'이라는 말을 들은 적이 있다. 연예인이라는 말이 싫지는 않지만, 돈이 없다는 그 표현은 부정할 수 없기에 적절한 표현 같았지만, 웃기면서도 마음이 아팠다. 예전에 유행했던 드라마 〈응답하라 1988〉을 보면 쌍문동 주민들이 서로를 너무 잘 알고 있어서 거리를 지날 때마다 모든 사람에게 인사를 건네며 등교하는 혜리의 모습이 나온다. 2023년인 지금에도 나는 혜리와 다름없는 삶을 살고 있다.

　최근 도시화로 인해 현실이 각박해져 더 이상 '이웃사촌'이라는 말도 쓰지 않는 지금, 그래도 우리 동네는 아직 정이 많은 따뜻한 동네인 것 같다. 아이들에게 얼굴이 널리 알려져 주말에도 익명성이 보장되지 않는 상황을 마주하긴 하지만 밝게 인사하는 아이들의 행동에 마음이 따뜻해진다. 어제는 미용실 사장님께서 주신 열무김치로 냉면도 해 먹고, 오늘도 앞집 아주머니께서 주신 양파로 요리를 해 먹었다. 여기저기서 인사를 받고 인사를 하는 우리 마을, 그리고 우리 '학교 동네'.

아직 나는 '우리 동네 연예인'이라는 표현이 싫지만은 않다.

아직 우리 마을은 따뜻합니다.

학교 근처에 살다 보면 아이들을 학교 밖에서 만나는 경우가 많습니다. 그때마다 느끼는 것은 아이들이 학교에서보다도 학교 밖에서 더 인사를 잘한다는 사실입니다. 가끔 잠옷 차림으로 아이들을 만나기도 하지만 선생님을 만나면 신나서 밝게 인사하는 아이들을 보면 마음이 따뜻해집니다. 인사를 주고받는다는 행위는 서로에 대한 예의이며 친근감의 표시입니다. 아이들이 미래 사회의 한 구성원으로서 이러한 문화를 이어간다면 우리 사회는 좀 더 따뜻해지리라 생각합니다.

체육보다 재미있는 영어 시간

김정연(서울덕의초등학교)

올해 교과 전담으로 5학년 아이들의 영어를 가르치며 들은 최고의 찬사는 바로 '체육보다 더 재미있는 영어 시간'이라는 아이들의 피드백이다. "벌써 40분이 지나간 거야?", "헐, 진짜? 난 15분밖에 안 지난 것 같았는데 끝났다고?" 수업을 마치고 우연히 5학년 1반 어린이들의 이야기를 들으며 나도 모르게 입꼬리가 올라간다. 아이고, 고마워라.

십 년 만에 맡은 교과 전담, 학기 초에는 반마다 미묘하게 다른 수업 분위기에 긴장도 많이 되고 아이들의 이름도 헷갈려서 고생을 많이 했다. 한 학기가 끝나가는 6월! 일주일에 3번씩 각 반 교실로 들어가다 보니 어느새 아이들의 얼굴도, 특성도 많이 파악하게 되었다. 아이들은 각자 경험한 사교육 정도에 따라 영어 사용 능력 차이가 극명해서 2~3학년만 되더라도 해리 포터와 같은 영어 원서를 줄줄 읽을 수 있는 아이들도 있고 알파벳 대소문자도 겨우 구분하는 정도의 아이들도 있다. 따라서 아이들이 영어를 포기하지 않도록 하는 것이 1차 목표가 되었다. 학기 초부터 계속 '영어는 즐겁고 재미있는 것'이라는 인상을 심어 주기 위해 교과서 진도 이외에도 팝송이나 게임을 활용했고 요즘엔 유튜브 영상도 수업 시간에 이용하며 재미있는 영어 시간을 만들기 위해 노력 중이다. 오늘은 이러한 나의 노력을 인정받은 것 같아 마음이 뿌듯했다.

의욕만 넘치던 초임 시절에는 '어떻게 하면 수업목표 달성을 위해 40분이라는 시간을 밀도 있게 채울까.' 그런 방법적인 측면에서 무척 고민했던 것 같다. 아이들의 눈을 사로잡는 화려한 영상, 파워포인트 자료를 준비하는 게 좋은 교사의 덕목이라고 생각했다. 내일 수업 준비가 되지 않으면 7~8시까지 퇴근을 하지 못했다.

하지만 이제는 안다. 무엇보다 아이들의 시선을 확 붙잡는 방법은 다른 어떤 방법이 아닌 '나의 딴소리'라는 것을! "아! 진도가 늦어서, 이 이야기는 시작하면 안 되는데. 고민이네."로 혼잣말을 시작하면 어느새 안드로메다로 가 있던 아이들의 정신력이 그 즉시 되돌아와 똘망똘망한 똑똑한 어린이 버전으로 바뀐다. 왜 유독 교과서 진도를 나갈 때는 안 생기던 집중력이 이런 딴 이야기에만 생기는지 도대체 알 수가 없다.

요즘은 각 반에 들어가서 소위 딴소리로 수업을 시작하는데 이게 은근 동기유발의 효과가 있다. 예를 들면 그 반 아이들이 쓴 동시나 그림을 쭉 훑어본다. 그 후 내 마음에 울림을 준 어린이의 작품을 가지고 칭찬 샤워를 하는 거다. 특히 사춘기에 접어든 삐딱한 태도의 어린이들이 집중 공략 대상이다. 특히 "우리 땡땡이 친구 너무 예민하죠? 영어 시간엔 어때요?"라며 그 반 담임 선생님께서 내게 먼저 교과 시간의 수업 태도를 물어보는 어린이는 꼭 기억해 뒀다가 내가 먼저 칭찬할 기회를 만들려고 노력한다.

마치 컴퓨터로 쓴 것 같은 예쁜 글씨체, 화가 뺨치는 멋진 그림 솜씨, 하다못해 음악에 리듬을 맞춰 손뼉을 치는 박자 감각에 이르기까지! 영어 시간에 할 수 있는 칭찬은 비단 영어 발음과 단어 실력뿐이 아니다. 자세히 살펴보면 누구는 흥에 겨워 신명 나게 춤을 잘 출 수도 있고 누구는 친구들이 모르는 팝송을 들어봤을 수도 있다. 난 안테나를 세우고 이런 주변 정보에 신경을 기울인다. 그리고 영어 시간에 예시문으로 그 반 아이들을 자주 사용한다. 그러면 아이들의 눈빛이 바뀐다. '저 사람이 나에게 관심이 있구나!'라고 생각하는 그 순간! 무척이나 고맙게도 세상 삐딱한 사춘기 어린이들도 영어 시간에는 순수함 가득한 귀염둥이 열두 살 모습으로 공부해 준다.

다 큰 어른도 칭찬이 좋은 법이니. 역시 정공법보다는 에둘러서! 공부하는지도 모르게 수업에 집중하게 하는 딴소리가 최고의 동기유발 방법 같다. 영어 시간이 체육보다 더 재미있다는 아이들의 말은 나의 마음을 들뜨게 하고, 그 행복한 감정을 더 오랫동안 간직하고 싶어서 이렇게 글도 쓰게 하지 않는가?

영어 시간에도 학습자 한 명, 한 명을 관찰하는 일은 중요합니다.

영어 수준이 높은 지역이나 반대로 기초학력 수준이 낮은 학생들과 공부할 때도 '학습자'라는 변치 않는 상수가 있다는 것을 잊지 마세요. 학생한 명, 한 명을 관찰하기 시작하면 아이들의 예쁜 모습을 발견하실 수 있을 겁니다. 화려하고 멋진 파워포인트를 만들거나 아이들을 위해 학습지를 만드는 것보다 선행되어야 할 일이 바로 아이들과의 관계 형성 같아요. '선생님이 나를 위해 여기에 있다'라는 '교사 실재감', 이게 바로 수업의 핵심 아닐까요?

우리 둘이 합쳐 20,000점

김진수(평택새빛초등학교)

이른 아침부터 교실 문을 열고 들어오는 아이를 맞이하기 한창이다. 친구들의 표정을 살피고, 질문을 던진다. 서로 웃으면서 대부분 알콩달콩한 마냥 기분 좋은 아침을 맞이한다.

'어? 오늘도 조금 늦네. 어디쯤 왔을까?'

여느 날처럼 9시가 되었는데도 아직 아무 연락도 없는 수길이.

수길이는 이날도 집에서 학교까지 '무거운 마음을 이끌고 올까?' 아니면 마음을 훅훅 털고 '설렘 가득 안고 올까?' 자못 궁금해진다. 수업 시작인 9시 10분까지 오지 않으면 전화를 해야겠다는 마음으로 핸드폰을 만지작거리는 순간 교실 앞문이 드르륵 열린다.

"수길이 왔구나! 오늘의 기분 점수는 몇 점일까요?"

"빵점이요."

"와~ 오늘은 마이너스가 아니네요. 왜 빵점인지 이야기해 줄 수 있을까요?", "싫어요. 그냥 다 싫어요."

설렘 가득 안고 학교를 등교한 것이 아닌 오늘도 무거운 마음을 지닌 채 터벅터벅 등교한 수길이.

수길이는 매일 와서 나에게 지난 가정의 모습을 이야기하곤 한다.
- 아빠는 저를 싫어해요.
- 가족은 지옥이에요.
- 수학 문제를 푸는 데 모른다고 아빠에게 혼이 많이 났어요.
- 저는 아무것도 할 줄 아는 것이 없어요.
- 저는 멍청이예요.
- 학원도 가기 싫고, 학교도 오기 싫어요.
- 어른들은 제 이야기를 들어주지 않아요.

학교에 입학하면서부터 다양한 선생님으로부터 이름이 오르락내리락 하던 수길이.

나와 만난 첫날부터 속사포로 마음에 담긴 이야기를 쏟아내는 친구다. 나는 차분히 다 들어주고 두 손을 꼭 잡아주며 늘 하는 말이 있다.

"그렇구나. 수길이가 이렇게 힘들었구나. 네가 어려운 마음을 이렇게 표현해줘서 선생님은 너무나 고마워. 수길이는 마음을 표현하는 용기를 지닌 친구야. 자신의 마음도 모른 채 살아가는 친구들이 얼마나 많다고. 지금 이야기한 어려운 것들을 하나씩 선생님과 풀어가 볼까? 선생님이 도울 수 있는 일이 있으면 언제든지 이야기해주렴. 우리 수길이를 선생님은 믿고 있어. 오늘보다 내일은 아주 조금 더 행복할 것으로…."

마음이 조금 풀어진 걸까? 나를 똑바로 응시하더니 살짝 미소를 띤다.

"선생님 있다가 점심 먹고 같이 교실 올라와요."

"그래. 우리 둘이 데이트해 볼까?"

"남자끼리… 데이트는… 좀…."

밥을 먹고 아이들과 함께 오는데 어느 순간 따뜻한 손길이 느껴진다.

수길이가 내 손을 꼭 잡았다. 나도 살짝 힘을 주며 신호를 보내고 수길이의 눈을 응시한다. 참으로 맑다. 어린이의 눈은 이렇게 맑구나. 좋은 것을 보여주고 싶은 어른의 마음이지만, 때로는 못난 모습을 보여주는 어른이기도 한 내 모습.

"선생님이 이겼다. 네가 먼저 눈 감았어."

"아이 뭐예요. 선생님, 게임을 하잔 말씀 없으셨잖아요. 다시 해요. 우리. 준비 시작."

수길이의 오늘은 좋은 것을 보고 있는 것 같다. 미소를 보니 알 수 있다.

"선생님, 이거 할 수 있어요?"

"음. 뭔지 모르겠지만 할 수 있겠는걸."

수길이가 나에게 퀴즈를 낸다. 자신이 직접 그린 〈숨은그림찾기〉다.

"선생님, 이거 풀어보세요. 정말 어려워요."

"어디 보자, 선생님은 다 보이는걸~."

"1분 안에 풀면 인정."

"다 찾았다. 이거 맞나?"

"어~~~ 어떻게 아셨지?"

잠시 종이에 무언가를 적는다. 수첩 한쪽을 쭉 찢더니 나에게 무언가를 써준다.

"10,000점."

이제는 웃음 표시와 하트도 그릴 줄 알게 된 친구.
수길이 덕분에 오늘 하루가 10,000점으로 펼쳐진다.
"수길아 네 덕분에 오늘 하루 기분이 좋은걸. 네 작은 메모가 나에게 큰 힘을 주는구나. 너도 누군가에게 이렇게 힘이 된다는 사실. 네 기분 점수는 몇 점?"

"10,000점이요."
"우와. 우리 둘이 합쳐 20,000점이다. 앞으로도 쭉 이렇게 즐거운 하루를 만들어보자. 화이팅."

학생에게 줄 수 있는 최고의 선물은 바로 경청입니다.

"진심으로 경청하는 태도는 우리들이 다른 사람에게 보일 수 있는 최고의 찬사 가운데 하나이다." 인간 관계론의 대가 데일 카네기는 경청을 최고의 찬사 가운데 하나라고 이야기를 하고 있습니다. 어느 날 교실에서 아이들의 모습이 보였습니다. 전과 다른 모습들이. 아이들의 말과 행동에 귀를 기울이기 시작했고, 진정한 소통을 나누다 보니 교실이 전과 다르게 따뜻해짐을 느꼈습니다. 예전에는 들으려고 노력만 했지 몸과 마음을 기울이지 못했거든요. 이제는 압니다. 경청의 힘을. 그래서 아이들과 좌충우돌이지만 행복한 교실을 향해 나아갈 수 있는 것 같습니다.

배움은 식물이 자라나는 듯 자라나

노이지(인천한들초등학교)

영화 〈인사이드 아웃〉에 따르면, 우리의 머릿속에는 핵심 기억이라는 것이 존재한다. 이 핵심 기억은 우리가 특정 기억을 오래 기억하겠다고 지정하거나 선택할 수 있는 것이 아니며, 어느 순간에 자연스럽게 형성되어 삶의 방향과 가치관에 오래도록 영향을 주게 된다.

영화를 보며 내가 굵은 성장을 도모할 수 있었던 순간, 내 안에 핵심 기억이 저장된 순간을 떠올려보았다. 종례 때마다 통기타를 연주해주시며 노래로 배웅해주시는 선생님을 만났을 때, 막냇동생이 태어나 내 손바닥 위에 아기의 작은 발을 올려보았을 때, 어둑어둑해진 운동장에서 친구들과 발을 맞춰 달렸을 때…. 이 순간들 사이에는 어떤 공통점이나 유사점이 발견되지 않는다. 이처럼 어린이가 자라나는 순간은 어린이마다 제각각이며 예상되지 않는 장면에서 성장이 이루어지기도 한다.

이제는 선생님이 되어 수업을 구상하고 운영하는 과정에서 이를 느낀다. 수업을 마친 직후에는 아이들에게서 그 성과가 즉시 발견되지 않을 때도 있다. 그러나 어느 날, 아이들을 바라보고 있을 때 우연히 알아차리게 된다.

'저 어린이가 그날, 그 수업에서 큰 배움을 얻었구나.'

교실에서 개운죽을 기르기 시작하며, 배움은 마치 식물이 자라나는 듯 자라나는 것이라는 생각이 들었다. 매일 아침 정성껏 물을 주고 "선생님, 제 개운죽이 안 자라요." 하며 서운해하는 어린이의 말을 듣고, 뭐라 답을 해야 할지 잠시 고민했다. 이에 대답하는 대신, 개운죽을 두고 관찰할 수 있는 공간을 마련해주고, 함께 더 많은 노래를 하고 더 많은 이야기를 읽었다. 그러는 와중 개운죽의 잎이 하나, 둘 뻗어 나와 키가 커지고 있는 줄도 모른다. 방학식 날, 아이들에게 각자의 개운죽을 손에 쥐여주며 보니 개운죽은 어느새 키가 집게손가락만큼은 자라 있었다. 어느 타이밍에 몰래몰래 이만큼이나 자라 나왔을까? 아무도 알지 못한다. 우리 어린이들도 식물처럼, 자라는 모습이 눈에 보이지 않는 것 같지만 조용히, 그러나 단단하게 자라나고 있다.

싹 트는 사이

노이지

아이가 애타는 마음으로 말한다

선생님, 개운죽에 싹이 안 나요

나는 싹이 언젠가 날 테니 기다리라는 지루한 말을 뱉고 싶지 않았고 고민하고 고민하고

그러다 개운죽이 머무는 공간을 만들어주고 함께 꿈을 꾸고 춤을 추고 물을 준다

우리는 크게 웃고 말하듯이 노래하고 둘러앉은 동그라미 안에 기억을 채운다

싹 트는 사이에 그 싹 트는 사이에 생장하는 뿌리보다 더 단단해진 우리

아마도 숲은 우리

자라나도록 기다려주세요.

방학식 날, 훌쩍 커진 개운죽을 보며 놀란 것은 저뿐만이 아니었습니다. 아이들은 식물의 고요한 성장에 놀람과 동시에 뿌듯한 마음으로 화분을 손에 들고 집으로 돌아갔습니다. 무엇이든 배운 뒤에는 연습하고 내면화 하는 시간을 가지게 됩니다. 그 주체가 어른이든 아이든, 이는 모든 사람에 게 공평하게 해당합니다. 따라서 가르치고 지도한 결과가 바로 눈에 띄지 않는다고 해서 배우지 않은 것이 아닙니다. 아이들은 배운 것을 자신이 직 접 꼭꼭 씹어보고, 소화도 시켜보고, 머릿속에서 이리저리 굴리기도 해보 며 자기 자신을 이루는 조각으로 만들어나가게 됩니다. 작은 화분에 매일 조금씩 물을 주는 마음으로, 고요하지만 단단할 성장을 기다려주세요. 이 에 어린이는 훌쩍 자라난 모습으로 대답해줄 것입니다.

자세히 보면 보이는 것들

라온제나쌤

1학년을 맡으며 올케가 말한 '미모'는 준비할 수 없었지만, 올해부터 우리 학교에서 처음 시작하는 중간놀이 20분을 나는 신경 써서 준비했다. 우리 반 모두 함께 참여하는 교실 놀이를 하며 아이들의 새로운 면을 보았다.

수연이는 옆 반 현석이와 쌍둥이였는데, 현석이는 방과 후에 바로 우리 교실로 와서 수연이를 챙겨 하교했다. 언뜻 보면 무표정에 무슨 말을 해야 할지 잘 모르고 조금은 우물거리는 듯한 수연. 처음엔 정확하게 무슨 말 하는지 잘 알아듣지 못했다. 현석이는 똘방지게 표현을 정확하게 하는 편이라면 수연이는 '어, 어.' 하며 현석이를 따라가는 듯했다. 그러나, 상대방 이름 먼저 맞추기 놀이를 할 때 수연이는 전혀 다른 모습이었다. 가운데 천을 떨구면서 마주한 친구의 이름을 먼저 맞춰야 하는 놀이이다. 그런데 수연이가 등판하면 연속 다섯 명 이름을 맞추며 팀 승리에 기여했다. 수연이는 천이 내려가기 무섭게 번개처럼 얼마나 재빠르게 이름을 맞추는지 '어, 어.' 하던 아이가 아니었다. 놀이를 통해 수연이가 우리 반 친구들 이름을 가장 많이 그리고 정확하게 잘 기억했다.

우리 반 아이들은 모두 흑기사들이었다. '손님 모셔오기, 과일 바구니, 사랑합니다' 등의 놀이를 할 때 술래가 생기면 반드시 장기자랑을 해야 한다. 간혹 부끄럼 많은 친구는 고개를 푹 숙이고 몸을 베베 꼬고 있다. "그럼, ○○이를 위해 대신 장기자랑 대신해줄 친구 있나요?" 물으면, 앉아 있던 아이들의 반이 넘게 흑기사를 자청하며 각자의 장기를 보여주곤 한다. 다리 찢기를 잘하는 아이, 휙휙 바람 소리 내며 손 짚고 옆돌기를 두 번 연달아서 하는 아이, 유행하는 아이돌 춤을 제법 느낌 있게 따라 추는 여자아이들 그리고, 가끔 웃옷을 들쳐 배와 배꼽을 보이고 몸집 비슷한 친구와 배를 부딪치며 힘을 겨루던 아이가 있었다. 때론, 나의 배를 향해 돌진하여 배와 배의 추돌사고를 내는 아이, 혼낼라 치면 앞니가 두 개 세 개가 빠져 야단은커녕 웃음을 터지게 하는 아이. 수업 시간에 볼 수 없는 그런 다양한 모습을 만난다.

가장 늦게 알려준 굴리는 피구 '굴피'도 아이들은 많이 좋아했다. 홀수팀 VS 짝수팀 또는 여자팀 VS 남자팀으로 나눠서 하는 데 공에 닿았느니 아니라느니, 공이 떴네 아니네를 두고 늘 말이 많다. 그래서 규칙에 추가한 내용은 소리 내면 아웃이다. 심판이 신이 아니므로 잘못 봤을 수도 있지만, 판정에 따르는 것이 원칙이다. 심판에 불복해서 호소하면 그

것도 아웃이다. 이 두 가지 아웃 제도는 조용히 굴피를 즐기게 해주었고 쓸데없는 논쟁을 줄여 놀이 시간이 더 길어질 수 있어 나와 아이들 모두 만족할 수 있었다.

하나의 의식이 되어버린 중간놀이 20분을 통해 아이들도 나도 긴장감을 많이 놓게 되었고 유리알 같고 외계인 같던 우리 반 아이들과 자연스럽게 엮어지게 되었다. 틈나는 대로 아이들의 웃음들, 살아 있는 표정들을 찍고 학부모 소통앱에 올리면, 올리자마자 조회 수가 13을 넘는다. 많은 분이 일터에 계실 텐데 관심의 촉수는 1학년 자녀에게 와 있었다. 가끔 아이들 일로 전화통화를 할 때도 이런 촉수들의 작용으로 교실에서 일어나는 작은 일들도 자세하게 알고 계셨나 보다. 1학년을 기피하는 이유 중의 하나는 학부모님의 뜨거운 관심 때문이기도 하다. 나 역시 부담스러운 건 사실이다. 그러나, 직장에서도 우리 교실로 촉수들을 뻗칠 만큼 간절하고 애타는 그 마음도 새롭게 알게 된다. 그 부모님들의 마음을 통해 아이들이 조금은 더 다르게 보인다. 내가 보는 이 아이는 몇 명 중의 하나가 아니라 누군가에게 우주와도 같은, 그렇게 귀한 아이라는 사실을 새삼 다시 깨닫는다.

1년을 담는 기록의 장으로 소통앱을 사용하고 1학년 끝나갈 땐 그때까지 올린 사진들과 영상을 사용하여 문집 또는 전자책을 만들고 싶었다. 방법은 모르지만 일단 부지런히 기록하면서 아이들에게 1학년 앨범을 주고 싶었다. 학부모님들은 사진들을 통해 아이들과 학교생활에 대해 말할 거리가 되어 좋다고 반응해주셨다. 첫날 첫 급식 장면, 산책길 장면, 중간놀이 장면, 현장체험학습, 1학년 체육대회, 봄나들이, 100일 축하 요상한 가족 달리기 등 학부모님이 볼 수 없던 장면들을 사진과 영상으로 보시면서 집에서 아이들에게 질문하고 아이들 이야기를 들으며 대화의 물꼬가 열린다고 하신다. 아무래도 학교 시스템의 첫 1년을 시작한 아이가 대견하기도 하고 조마조마하기도 하셔서 아이 학교생활에 대해 많이 알고 싶은 것 같다.

부모님의 마음을 조금씩 더 구체적으로 느끼게 된 것은 학부모 상담 때였다. 어느 땐 내가 그분들을 위로하고, 어느 땐 그분들이 내게 힘을 주셨다. 한 아이 어머님은 아이가 너무 어수룩한 것 같아 학교생활을 잘할까 걱정돼 조마조마하셨나 보다. 현석이는 어딜 가도 칭찬을 받는데 수연이는 그렇지 못했다고 한다. 쌍둥이라 늘 비교되었고 야무지고 확실하고 빠르게 마무리하는 현석이가 어른들 눈에는 칭찬할 거리가 많았나 보다.

그러나, 그 아이를 통해 쉼을 얻던 나는 그 질문이 의아했다. 그 아이는 정말 담백하고 순수했다. 아이답다고 느끼게 되는 몇 안 되는 아이이다. 아이는 친구를 가리지 않고 조용히 옆에 다가가 말을 걸고 함께 놀며 웃고, 친구가 그림 그리기를 아직 못 끝냈으면 함께 가서 색칠을 도와준다. 놀이할 때 아웃 판정 나면 바로 뒤돌아 나가는 아이의 모습과 친구를 있는 모습 그대로 수용하며 누구에게나 똑같이 대하는 모습을 보며 그

담백함을 나도 배우고 싶어진다. 나도 힘들어하는 아이에게 다가가 뭐라 조곤조곤 말하더니 나중에 내가 들은 말은 이랬다. '너 그렇게 어른 되면 어떻게 하려고 그래?' 뾰족하지도 않게 진심으로 걱정하는 그 말을 들으며 붉으락푸르락했던 내 마음이 잔잔해지고 서늘해졌다. 내 마음도 진정시키는 수연이의 단순함과 담백함은 빠릿빠릿함에 비할 수 없이 멋지고 놀랍다. 그리고 이어서 수연이가 놀이할 때 어떻게 즐겁게 노는지 친구들을 어떻게 도와주는지 내가 본 그 아이의 모습을 말씀드렸을 때 어머님은 또르르 눈물을 흘리셨다.

한 아이어머니는 상담을 기다렸다 하시며 아이가 유치원에 적응하지 못해 등원 거부를 오래 하여서 과연 학교(에) 적응은 할까 걱정을 많이 하셨단다. 편하게 적응 못 하면 1년 유예하자고 생각하셨단다. 그런데 아이가 학교가 즐겁다고 하며, 바로 가방 메고 나온다며 등굣길이 편안하다고 하셨다. 사실, 난 그 아이는 한 살 일찍 입학하여 누나와 형들 사이에서 다소 긴장한 듯한 표정으로 나를 바라보곤 했다. '혼자 왔어요' 놀이를 할 때 다른 아이들은 웃으면서 숫자에 맞게 일어나지 못해 술래도 하고 벌칙도 받는데, 그 아이는 진지하게 자기 차례에 어떤 숫자인지 미리 조용히 세고 있었다. 놀이인데 웃지도 않고 공부하는 것처럼. 그런데, 그 아이가 학교 오는 걸 너무 좋아한다니 천군만마를 얻은 듯했다.

나는 ○○이가 자신을 표현하는 것을 어떻게 도와줄까 상담 이후로도 계속 고민했다. 그래서 ○○이가 말을 하지 않아도 일부러라도 두 눈을 꼭 마주치며 일부러라도 더 크게 미소지으며 말하고, 아이의 '네, 아니요.'의 간결한 대답에도 이것저것을 얹어 좀 더 풍성하게 이어서 말해주려고 노력했다. 대답이 돌아오지 않아도 말을 걸었다. 중간놀이 시간과 점심 산책 시간에 선뜻 내 옆으로 오지 못하고 내 주위 2m 반경에 있을 때도 '○○아! 우리 다른 애들 뭐 하는지 보러 갈까?' 하며 손을 잡고 함께 다녔다. 그러던 어느 날 교실에서 교과보충지도를 하는데 ○○이가 방과 후 수업을 끝내고 와서 혼잣말처럼 '힘들다!'라고 뭔가를 이야기했다. 방과 후 수업이 오늘은 좀 힘들었다는 문장이었다. 아이가 가고 나서 한글을 함께 공부하던 아이가 놀라는 표정으로 ○○이가 처음 말한 것 같다고 했다. 맞다. ○○이가 처음으로 말했다!

그 이후로 아이는 더 편안해진 얼굴에 웃음기를 띄고 점점 더 많은 말을 하기 시작했고 놀이 때에도 더 활발하게 움직이며 많이 웃는다. 최근의 굴피에선, ○○이가 최후의 1인이 되었다. 요리조리 두 개나 굴러오는 공들을 다른 아이들은 점프해서 피하는데 ○○이는 다리를 차분하게 들며 공들을 잘 피했다. 아이는 지략가 스타일로 놀이를 하고 있었다. 그 아이 덕분에 1학년이 처음인 나도 지금 하는 방식이 나쁘지 않음을 알게 되었다. 나를 믿고 그대로 계속 가보겠다고 힘을 낼 수 있었다.

사실 불안해서 잠을 깊이 들지 못하고 뒤척이던 밤들이 많았었다. 퇴근이 늦어져 경비 선생님께 한소리 듣는 때도 여러 번 있었다. 퇴근이 9시를 넘기는 날들과 주말에 출근하던 날들이 많았다. 1학년이 처음이었지만, 좌충우돌, 우왕좌왕일 때가 많지만, 1학년 아이들의 눈빛과 표정들이 나를 힘나게 한다.

우리 반만의 활동과 의식 만들기도 좋아요.

걱정과 우려가 커 늘 검증된 방식만 찾기 쉽지만, 교사도 모험하며 자기만의 교육 스타일을 체득해가는 것도 좋습니다. 실패는 실패가 아닙니다. 실패 없이 성공한다고 좋은 것도 아니고요. 수업의 실패가 교사에겐 뼈아프지만, 실패를 통해 자기 스타일을 더 파악할 수 있습니다. 그리고, 후배 교사들은 특히, 다른 교사들이 하지 않는다고 자신도 하지 말아야겠다고는 생각하지 않았으면 좋겠습니다.

주말 지낸 이야기, 놀이와 동요 부르기, 구피나 사슴벌레 키우기, 주말 사제동행 등 자기 학급만의 일정한 활동과 의식(리츄얼)이 있으면 학급만의 연대가 더 잘 이루어집니다. 수업 외의 다른 장면에서 아이들의 더 생생한 모습과 마음을 발견할 수 있었고, 다양한 연결이 가능합니다. 국어 수학 등의 성적과 상관없이 다양한 주제의 대화가 늘 풍성하고 서로가 지속해서 연결될 수 있답니다.

수업의 주인공

박혜진(상동초등학교)

　우리 학교에서는 코로나로 인하여 간략화했던 동료 장학을 올해부터 다시 정상 운영하기로 하였다. 동료 장학은 교사 간 공개수업을 말한다. 수업자료를 함께 연구하고 수업을 공개하며 그 결과를 협의하면서 서로의 전문성을 살피는 기회가 된다. 동료 장학을 준비하며 오랜만에 동료 교사에게 수업을 공개하게 되어 약간의 긴장이 생겼다. 올해 나는 3~4학년 영어 전담교사로서 영어 교과를 가르치고 있다. 그래서 4학년 영어 수업을 공개하기로 정하였다. 어느 단원의 어느 차시를 수업할지, 어느 반을 수업할지, 어느 활동을 할지 고민을 했다. 교사들은 하루에도 최소 4시간, 한 주에는 20시간 이상, 1년이면 최소 700시간 이상 수업을 한다. 하지만 동료 장학 공개수업은 수업 전문가인 동료 교사들 앞에 서기 때문에 학부모 공개수업과는 또 다른 무게감으로 다가왔다. 최상의 몸 상태가 아니더라도, 최선의 모습을 보여주어야 할 것 같은 책임감이 있었던 것 같다. 그래도 나름 경력이 쌓였고, '하던 대로 하면 되지.'라는 마음이 있었지만, 수업 시간이 다가올수록 긴장이 되었다. 공개수업의 얼개를 짠 뒤 아이들에게 공개수업을 할 것을 안내했다.

"다음 주 공개수업 때에는 교장, 교감 선생님과 선생님들께서 들어오실 거야. 우리 수업을 보러 오시는 것이거든."
"왜 우리 반에 오시는 거예요?"

실은 ○반은 장난꾸러기 녀석들이 몇 명 있어서 공개수업을 하기엔 부담이 있었던 반이다. 그래서 아이들에게 이렇게 얘기했다.

"우리 4학년 ○반이 평소에 수업을 잘해서 학습을 잘하고 있는지도 보고 선생님도 평가하러 오시는 거란다."

아이들은 어리둥절하면서도 약간의 의기양양한 모습을 보였다. 아이들이 평소처럼만 해도 에너지 넘치는 모습을 보여줄 수 있을 것이고, 많이 긴장하더라도 나쁘지 않겠다는 생각이 들었다. 담임 선생님께 5분만 일찍 보내 달라고 부탁을 드렸다. 화장실도 미리 다녀오게 하고, 수업 분위기도 조성하려고 했던 요청이었다. 쉬는 시간이 되자, 일찍 교실에서 출발한 아이들이 영어교실 뒷문에서 서성거렸다. 눈빛으로 들어가도 되냐는 신호를 보냈다.

"Come on in."

평소라면 "Hello, teacher."라고 말하며 우렁차게 인사하고 들어올 아이들이 쭈뼛쭈뼛하는 모습이 새삼 귀엽게 느껴졌다. 교실에 설치된 영상 촬영용 카메라와 교실 뒤편의 의자를 보고는 아이들이 긴장한 모습이었다.

"선생님, 저 의자는 뭐예요? 왜 제자리 뒤에는 두 개나 있어요?"
"선생님, 의자 하나만 저쪽으로 치워주세요. 저 너무 긴장돼요."
"선생님, 저 오늘 예쁘게 보이려고 머리도 묶고 왔어요."
"그래? 그래서인지 오늘 더 예쁘네."

가장 말썽꾸러기인 아이가 말했다.
"선생님, 저 오늘 아무 말도 안 할 거예요."
"괜찮아, 평소 하던 대로 하면 돼."
"정말요? 저 평소처럼 왁~왁~해도 돼요?"
그마저도 귀여워 보였다. '넌 이미 긴장하고 있는 게 보이는걸?'

장난꾸러기였던 아이들은 잔뜩 긴장한 것처럼 보였지만, 수업이 시작되자, 눈빛을 반짝이며 나를 응시했다. 평소에는 장난도 치고 에너지가 폭발하듯 노래를 불렀었지만, 오늘은 차분하면서도 씩씩하게 노래를 불렀다. 그리고 영어 그림책을 읽을 땐 딴짓조차 하지 않고, 그림을 보여달라며 적극적으로 참여했다. 모범생만 27명이 앉아 있는 듯 멋진 수업을 만들어주었다.

'너희 내가 알던 그 아이들 맞니? 근데, 이 수업의 주인공은 나야 나! 내가 주인공 할 거라고!'

나는 멋지게 구성한 수업을 펼쳐 보이며 오늘의 공개수업 주인공이 되려고 했으나 오히려 모범생이 되어버린 아이들에 압도당해버렸다. 40분간 자기 에너지를 참아가며 모범생으로 변신했던 아이들의 모습에 대견하면서도 웃음이 났다. 선생님들께서 교실을 나서자마자 내가 알던 아이들로 돌아왔다. 카메라 앞에 가서 브이를 그리고, 옆 친구와 장난을 치고, 카메라 촬영 정지 버튼을 누르고, 자리에서 들썩들썩, 웅성웅성, 왁자지껄.

'그래, 이게 진정한 교실이지. 하마터면 깜박 속을 뻔했잖아?'

수업의 주인공은 선생님과 아이들이랍니다.

잘 된 수업이든, 어수선한 수업이든, 수업의 주인공은 선생님과 아이들이랍니다. 그 수업이 얼마나 의미가 있었는지는 선생님과 아이들만이 알 수 있지요. 평범한 수업도 특별해질 수 있고 특별히 신경 쓴 수업도 평범해질 수 있어요. 좋은 수업, 나쁜 수업이라고 평가할 수 없답니다. 중요한 것은 주인공인 선생님과 아이들이 수업 속에서 어떻게 만나고 더불어 배우는가입니다. 아이들의 목소리에 귀 기울여 보세요. 이미 우리는 존재와 존재로 만나 서로 배우고 성장하고 있답니다.

합죽이 부채 만들기

유영미(안산석수초등학교)

1교시 후 쉬는 시간. 교내 메신저 대화방에 난리가 났다.

"부채 만들기 사전 지도 꼭 필요합니다! 오늘 지도하실 분은 다음 내용 꼭 숙지하세요!"

"맞아요! 저희 반도 난리 났어요! 아직 안 하신 분들 정신 똑바로 차리셔야 합니다!"

"앞반에서 많이 망가져 부채 여유분이 없을지도 몰라요. 꼭 수량 확보하세요."

5교시에 부채 만들기(정확히 말하면 꾸미기)를 계획하고 있던 나에게는 유용한 정보였다. 그러나 한편으로는 의아했다. 그동안 부채 만들기 활동에서 큰 어려움을 겪어본 적이 없었기 때문이었다. 연구실에서 2반 선생님을 만났다. 대혼란 수업 속에서 아직 빠져나오지 못하신 표정이었다.

"영미쌤! 부채 만들기 장난 아니에요! 정신 줄 꽉 잡아요!"

"왜요? 그렇게 심각해요?"

"아무래도 애들이 합죽선을 처음 만져본 것 같아요."

자세한 이야기를 들어보니 아이들은 얇은 대나무 살들이 겹쳐졌다 펼쳐졌다 하는 이 구조를 전혀 이해하지 못하고 있었다. 그래서 옆으로 열어야 할 부채를 앞으로 열다가 연결이 다 망가지고, 반대로 비틀어 열다가 찢어지고 했던 것이었다.

다행히 옆으로 잘 펼쳐서 성공한 학생들도 있다. 그런데 그다음 관문은 부채 색칠하기였다. 부챗살에 손 옆 날을 대고 힘을 주어 색칠하다가 부챗살을 부수기도 하고, 사인펜 채색으로 부채의 종이 부분을 뚫는 학생도 있다. 부채를 거꾸로 놓고 색연필로 색칠하는 방법을 추천받았다. 그다음으로 1반 부장님이 들어오셨다.

"아휴. 너무 힘드네요. 저는 이렇게 지도했어요. 모은 부채의 옆 날에 본인 이름을 쓰고 그다음에 부챗살을 옆으로 펼치라고 했어요. 앞뒤로 펼치는 게 아니라 이렇게 옆으로! 옆으로!"

1반 부장님이 부챗살을 본인의 미간 사이에 두고 그 부채를 바라보며 사팔뜨기(?)가 되셨다. 그 상태에서 옆으로 부채를 몇 번이나 여닫으셨다.

"와! 부장님 진짜 좋은 방법이에요!"

우리는 사팔눈의 부장님을 칭찬했다. 부장님께서는 우리를 위해 친히 맹구가 되어주셨다.(여름인데 '하늘에서 눈이 내려와요.')

아쉽게도 부채 여유분이 많지 않아서 우리 반은 그냥 부채를 펼쳐서 나눠 주기로 했다.

"얘들아, 이 부채는 '합죽선'이라고 하는 부채란다."

"그게 뭐예요?"

"대나무 살들이 합쳐진 부채라는 뜻이야. 이렇게 접었다 펼 수 있어. 펼쳐진 부채에 예쁘게 그림을 다 그리고 나오면 선생님이 어떻게 접었다 펴는지 한 사람씩 알려줄게. 부채를 거꾸로 대고 색연필로 한번 예쁘게 꾸며보자."

"네."

앞선 선생님들의 조언 덕분에 사전 준비와 교육을 철저히 할 수 있었다. 그러나 우려한 대로 실험 정신이 투철한 학생들 때문에 종이에 구멍이 뚫리고, 부챗살들이 너덜거리기 시작했다.

"얘들아! 얘들아!"

교실 이곳저곳을 누비며 추가 부채 사고가 나지 않도록 뛰어다녔다. 두더지 게임처럼 이곳에서 부채 사고가 속출했다. 수습된 부채도 있었고, 그렇지 못한 부채도 있었다. 5교시를 마치는 종이 울렸다. 미안하지만 아이들을 몰아내듯 하교 지도를 했다. 미련을 못 버린 몇 명의 아이가 교실에 남았다.

"얘들아, 오늘 고생했어. 오늘 부채 만들기 힘들었지?"
"네. 그래도 합죽이 부채 만드는 거 재미있었어요."
"합죽이 부채?"
"네."
"왜 합죽이 부채야? 합죽선이라니까."
"선생님이 아까 자꾸 '합죽이가 됩시다' 했잖아요. 그러니까 합죽이 부채에요."
"아닌데. 선생님은 조용히 하라고만 한 것 같은데."
"아니에요. 선생님 '합죽이가 됩시다' 백 번도 더 했어요."

아. 그랬구나. 할 말을 잃었다. 나는 '얘들아, 얘들아!'라고 말했다고 생각했는데 그게 아니었다. 혼란스러운 수업 분위기를 감당하지 못하고 계속 '합죽이가 됩시다'를 내뿜었던 것이었다.
합죽선이 합죽이 부채로 바뀌다니. 하하하.(머쓱해서 더 크게 웃음.)

앞으로 우리 반 아이들이 여름 부채를 만날 때마다 피, 땀, 눈물을 흘리던 나의 모습을 기억해 주었으면 좋겠다.

아무튼, 합죽이 부채야! 올여름 잘 부탁한다!
(허공에 날린 '합죽이가 됩시다! 합!'은 제발 잊어줘.)

동 학년 선생님들의 말씀에 귀 기울이세요.

같은 학년 선생님들께서 하시는 말씀은 다 피가 되고 살이 됩니다. 같은 교재나 교구를 사용할 때 미리 사용하셨던 다른 반 선생님의 말씀을 들어 보고 수업을 구상하는 것도 하나의 방법입니다. 때로는 내가 먼저 경험한 고생담을 나눠드리는 것도 좋답니다. 나의 실패담이 다른 반 수업에 도움이 된다면 그 경험은 결코 실패가 아니랍니다.

어서 오세요, 좌충우돌 행복 교실입니다

위기의 순간

유현미(서울영문초등학교)

1교시 도서관 수업이라서 목발을 짚은 ○호를 먼저 보냈다. 아이들을 데리고 내려갔더니 엘리베이터 타고 내려온 ○호가 복도를 앞서 걸어가고 있다. 쿵~!! 바로 눈앞에서 아이가 벌러덩 뒤로 나자빠졌다. 바닥에 물기가 있는 걸 모르고 서두르다 일어난 일이다. 부리나케 달려가 보니 상태가 심각해 보였다. 혹시나 뇌진탕이나 머리를 다친 건 아닌가 걱정했지만 ○호는 무릎을 감싸 안으며 아프다고 울었다. 친구들의 부축으로 ○호를 겨우 보건실로 옮겼다.

보건 선생님은 허리나 엉덩이 쪽을 살핀 후 마지막으로 무릎 상태도 확인하셨다. 인대 늘어난 곳이 어쩌면 악화됐을 수도 있단다. 하지만 119까진 안 불러도 될 것 같다고 하셨다. 일단 ○호 어머니께 연락을 드렸고 병원을 데려갔으면 좋겠다고 했다. 어머니께서는 멀리 계셔서 지금 올 수 있는 상황이 아니라고 하셨다. 아파서 울고 있는 ○호를 어머니와 통화하게 했다.

　나도 인생에서 아찔했던 순간이 몇 번 있다.
　고등학교 때 나무로 멋지게 지은 신식 한옥집 방 한 칸을 빌려 학교 앞에서 자취했다. 야간자습을 마치고 귀가한 어느 날, 그날따라 피곤했는지 전기포트로 보리 물을 끓이다 잠이 깜빡 들었다. 지금이야 물이 끓으면 자동으로 전원이 꺼지는 기능이 있지만, 그때만 해도 그런 제품은 없었다. 이상한 느낌이 들어 눈을 떴더니 포터가 가열돼 불이 붙어 있었다. 너무 놀라고 다급한 마음에 코드를 빼고는 수돗가로 뛰어가 물을 한 바가지 떠와 퍼부었다. 그 순간 매캐한 냄새의 하얀 연기가 작은 방을 넘어온 집안 전체로 퍼졌다. 젊은 주인 부부가 놀라 뛰쳐나왔다. 나무로 된 집 홀라당 다 탈 뻔했다며 고래고래 소리를 질렀다. 놀라기도 하고 죄송하기도 하고 무섭기도 해서 나는 눈물만 흘리고 있었다. 그런데 그때 마법처럼 대문을 밀고 엄마가 나타났다. 막내딸이 보고 싶어 반찬과 과일을 바리바리 싸 들고 막차를 타고 오신 것이다. 엄마를 보자마자 서러움이 봇물 터지듯 터져 펑펑 울었다. 엄마는 내 등을 쓰다듬으며 "괜찮다. 괜찮다. 아무 일도 일어나지 않았으니 괜찮다."라는 말을 수십 번도 더했다.

　또 한 번은 수능시험을 한 달 앞둔 어느 날이었다. 아랫배가 아파서 찾아간 병원에서 의사가 난소암이라는 진단을 내렸다. 의사는 당장 수술을 권했다. 의사의 청천벽력 같은 선고와 수술 권유에도 엄마는 침착하셨다. 어린 딸 몸에 함부로 칼자국을 낼 수 없다며 더 큰 병원으로 가겠다고 우기셨다. 대형병원 진단 결과 암은커녕 단순 물혹이었다. 엄마는 돌팔이 말만 믿고 딸내미 멀쩡한 배를 가를 뻔했다며 그 의사 멱살이라도 잡고 싶다고 울분을 터트렸다. 그러다가는 이내 "아무 일도 일어나지 않았으니 됐다."라며 자신을 스스로 다독였다. 어리숙한 엄마였으면 막내딸의 결혼도 두 손녀딸 구경도 못 했을 거라며 무용담처럼 두고두고 얘기하셨다.

작년 1학년 제자가 그려준 선생님 이야기책

그러고 보니 나의 아찔한 순간엔 늘 엄마가 함께했다. 엄마의 대담함과 침착함이 그 위기를 무사히 넘겼다. 나의 수호신이던 엄마는 지금 내 옆에 계시지 않는다. 나는 '괜찮다, 됐다.'를 입에 달고 살며 두 딸아이를 지켜주려 어설픈 엄마 흉내를 내고 있을 뿐이다.

아파서 꼼짝도 못 하겠다며 눈물 뚝 뚝 흘리던 ○호는 엄마와 통화 후 안정을 찾은 것 같았다. 씩 웃으며 교실로 와서는 6교시까지 멀쩡하게 공부했다. "이제 괜찮냐?"라고 물으니 멋쩍은 듯 웃음으로 대답한다. ○호

의 위기의 순간에도 엄마가 마법을 부렸나 보다. '그래, 아무 일도 일어나
지 않았으니 됐다! 괜찮다!'

예민하고 좀스러운 거 말고,
세심하지만 대범하게!

3월의 첫 만남에 늘 이런 말을 합니다. 한 명도 몸과 마음이 다치지 않
고 고스란히 다음 학년으로 올려보내는 게 선생님의 1년 숙제라고. 하지만
좁은 교실에서 수십 명의 학생과 지내다 보면 아찔한 순간이 참 많습니다.
돌이켜보건대 크고 작은 사고들은 나의 무심함 탓입니다. 예민하고 좀스
러운 사람 되기 싫어 고개 돌린 제 탓입니다.

교실에서는 늘 아이들의 말과 작은 행동 하나에도 눈길을 주세요. 자세
히 관찰하면 보이는 것들이 참 많습니다. 예쁜 말과 행동에는 크게 칭찬해
주고 걱정되는 것들은 끊임없이 반복해서 가르쳐주는 거죠.

그럼에도 불구하고 위기의 순간이 온다면?

세심하지만 대범할 수 있기를!

"다치지 않았으니 됐다! 괜찮다!" 외칠 수 있기를!

마음을 녹이는 마법의 종이

윤다은(서울대동초등학교)

점심시간, 급식실에 가기 위해 복도에서 빠르게 줄을 세우고 있을 때였다. 우리 반 영수가 갑자기 나에게 다가왔다. 영수는 "선생님, 상철이가 제 발을 찼어요."라고 했다. 나는 상철이를 불러 자초지종을 물었다. 상철이는 "영수가 먼저 제게 물을 뿌렸어요."라고 말했다. 사실관계를 바로 확인하기엔 다른 아이들이 기다리고 있었기에 급식 시간이 늦어질 것 같았다. 우리는 점심을 먹고 다시 이야기를 나누기로 했다.

점심을 먹고 난 후, 영수와 상철이를 불렀다. 무슨 일이 있었는지 묻자 아이들은 나에게 차례로 이야기하다 서로의 이야기에 태클을 걸기 시작했다.

"네가 먼저 그랬잖아!"
"난 안 그랬어. 네가 먼저 그랬잖아!"

"네가 나한테 물 뿌렸잖아."

"너도 다른 친구한테 물 뿌리고 있었잖아!"

아이들은 내 앞에서 금방 다시 싸울 기세로 언성을 높였다. 나는 꾹 참고 누가 먼저 했더라도 폭력은 잘못된 것이라고 말한 뒤 문제를 어떻게 해결해야 할지 잠시 생각했다. 그 순간 한 가지 아이디어가 머리를 반짝 스치고 지나갔다. 나는 아이들에게 A4용지 한 장씩을 줬다. 그리고 "종이에 상대방에 대해 칭찬할 점을 10개씩 쓰고 그 밑에 상대방에게 하고 싶은 말을 써오세요!"라고 말했다.

이 방법은 신규교사 컨설팅 때 멘토 선생님께서 학급 아이가 욕을 너무 많이 한다는 나의 고민을 듣고 추천해 주셨던 방법이었다. 아이들이 서로 욕을 한 건 아니었지만 내 앞에서까지 큰 소리로 남 탓만 하는 것을 보자, 이 방법이 떠올랐다. 15분 정도 남은 점심시간, 아이들은 A4용지를 한 장씩 들고 입을 삐죽거리며 각자의 자리로 돌아가 무언가를 끄적이기 시작했다.

몇 분이 지난 후, 둘은 종이를 들고 나에게 왔다. 첫 줄을 보자마자 '아, 이건 지금 읽어줘야겠다.'라는 생각이 들었다.

"1번. 상철이는 귀엽고 깜찍하다."

첫 장점을 읽자마자 둘 다 피식 웃음이 터졌다. 이후로도 웃음을 자아내는 아이들의 답변이 이어졌다.

"6번. 머리 색깔이 화려하다."
"맞아. 상철이는 머리 색깔이 화려해서 어디에 있는지 금방 찾을 수 있지!"
"9번. 옷, 스타일을 좋아해서 멋있게 입을 수 있다."
"(웃음)맞아요. 상철이는 스타일이 멋져요!"

열 개씩 상대방의 장점을 읽어주는 새에 다른 아이들도 하나둘 다가와 웃으며 함께 이야기를 나누었고, 사건의 당사자인 두 아이는 어느새 서로를 웃음기 가득한 얼굴로 바라봤다. 그리고 아랫부분에 쓰인 서로에게 하고 싶은 말은 각자 읽어보라고 한 후 상철이가 쓴 종이는 영수에게, 영수가 쓴 종이는 상철이에게 (선물로) 주었다. 둘은 다음 수업 준비를 하기 위해 어깨동무하고 자리로 돌아갔다. 이후로 나에겐 이 방법이 마법의 방법, 이 종이가 마법의 종이가 되었다!

놀리고, 때리고, 남의 탓을 하는 행동은 분명히 잘못했지만 결국에는 아이들에게도, 나에게도 이 사건은 재미나고 귀여운 추억으로 남았다. 역시, 아이들은 티격태격하면서 크나 보다. 불현듯 스쳐 지나간 아이디어와 컨설팅 때 좋은 아이디어를 주셨던 선생님께 참 감사한 하루였다!

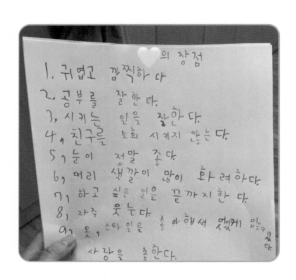

아이들에게 다양한 교육 방법을 시도해 보세요.

작년에 잘 활용했던 학급 경영 방법이 올해 아이들에게는 잘 맞지 않는 경우가 있습니다. 해마다 새롭게 만나는 아이들의 특성이 다 다르기 때문입니다. 선생님만의 교육 방법을 고수하는 것도 좋지만, 가끔은 아이들에게 색다른 교육 방법을 시도해 보는 건 어떨까요? 예상치 못한 방향으로 학급 문제가 쉽게 해결되는 행운이 찾아올 수도 있습니다. 주변 동료 선생님의 방법이 우리 교실에서도 매우 유용하게 쓰이는 경우가 있으니 다양한 선생님과 다양한 교육 방법을 공유하는 것도 좋습니다.

배움의 씨앗

이지현(진주동진초등학교)

여느 날처럼 바쁘게 출근하던 아침에 '학교 안의 모든 것이 교육이다.'라는 문구가 적힌 현수막이 눈에 들어왔다. 학교 안 돌봄과 관련하여 붙은 현수막이었지만 그 글자들을 보는 순간 나는 다른 생각이 들었다.

누구나 그렇듯, 나는 초임 발령을 받고 의욕에 가득 찬 상태였다. 아이들에게 하나라도 더 알려주고, 한 문제라도 더 풀게 하는 것이 중요하다고 여겼다. 그래서 매일 아침 활동으로 수학 문제를 풀고, 매주 받아쓰기도 했다. 틀린 문제는 고치고, 다 못한 학생은 방과 후에 남아서 하고 가도록 했다. 잘못된 말과 행동에 대해서는 상담 반, 잔소리 반으로 쉬는 시간까지 아이들을 붙잡아 두었다. 그 과정에서 아이들이 힘든 것은 물론, 한 명 한 명 확인하고 보충 지도를 하는 나 역시도 피곤한 날들이었다. 그래도 그 생활을 이어간 것은, 지금은 하기 싫고 듣기 싫어도 나중에는 아이에게 도움이 되리라는 개인적인 확신에서였다.

이러한 내 고집이 깨지게 된 것은 동아리 시간에 영화를 감상한 후였다. 그날의 영화는 사회 교과서에 소개된 영화 〈원더〉였다. 영화 감상 후 쉬는 시간, 미리 준비한 학습지를 꺼내는 나에게 한 학생이 다가왔다.

"선생님, 저 영화 보니까 전학 오기 전에 했던 거 후회돼요."
"그래? 전학 오기 전에 무슨 일이 있었어?"
"전에 학교에서 장애가 있는 애(A)가 있었는데 저는 걔랑 인사하고 잘 지냈어요. 근데 화장실에서 같이 손 씻던 B가 갑자기 A 욕을 하는 거예요. 저는 아무 말도 안 하고 듣기만 했는데 나중에 A가 화장실 안쪽 칸에서 나오는 거예요. 너무 놀라서 미안하다고 못 했어요."

내가 직접 듣지 않았다면 거짓말이라고 할 만큼 영화와 절묘하게 일치하는 경험이었다. 다른 점이 있다면 〈원더〉의 등장인물들은 화해했지만, 이 아이에게는 전하지 못한 사과가 마음의 짐으로 남아 있다는 것이다.

"그런 경험이 있었구나, 영화를 보면서 마음이 불편했겠네. 그때로 돌아간다면 어떻게 하고 싶어?"
"B한테 A 욕하지 말라고 하고 A랑 다시 인사할 거예요."

대화를 마친 아이는 자리로 들어갔고 나는 영화 감상 학습지로 다시 눈을 돌렸다. '나와 다르더라도 차별하거나 괴롭히지 말자.'는 교훈을 주기 위해 만들어 낸 문제들이 무색할 만큼, 아이들은 이미 답을 알고 있었다. 누구의 도움 없이, 스스로 찾아낸 아주 멋진 답을.

생각해 보면 그런 순간이 자주 있다. (사회) 무역의 필요성과 수출, 수입의 의미를 설명하는 교과서의 수려한 설명보다 직접 무역 놀이를 하며 나라 간 교류를 체험할 때가 그랬다. (실과) 시간을 잘 관리하려면 긴급하고 중요한 일을 우선해야 한다는 설명을 들을 때보다, 주말에 숙제하지 않고 놀다가 월요일에 남아서 숙제를 할 때 깨달음이 있었다. (도덕) 생명의 소중함은 책 속에 있지 않고, 학교 화단의 꽃을 보고 창밖의 새소리를 듣는 것에 있었다.

내가 아무리 멋진 자료를 준비하고 열정적인 설명을 하더라도, 아이들이 일상생활에서 스스로 경험하며 찾는 답보다 더 큰 가르침을 줄 수는 없을 것이다. 그 이후로 나의 교실은 조금 바뀌었다. 이제 교사로서 나의 일은 학생들에게 배움의 씨앗을 심어주는 것이 아니다. 학생들이 제 안에 이미 가진 씨앗을 발견하고, 잘 돌볼 수 있도록 돕는 것이다.

100점은 제 욕심이지, 학생의 욕심이 아니었습니다.

　J는 1년이 다 되도록 받아쓰기를 50점을 넘긴 적이 없습니다. 반 평균 받아쓰기 85점이 넘으면 과자 파티를 하자고 한 날, J는 90점을 맞았습니다. 저는 그 와중에도 '하나만 더 맞았으면 100점인데 아깝다.'라는 생각을 했습니다. 하지만 반 친구들은 J에게 칭찬과 박수를 아끼지 않았습니다. J는 그날 받아쓰기 100점보다 훨씬 더 값진 성취감을 배웠습니다. 교사와 부모가 노력해야 하는 것은 학생의 성적이 아니라 성장이라는 사실을 기억해야 합니다.

　어서 오세요, 좌충우돌 행복 교실입니다

목소리가 바뀌는 마법

장지혜(대전글꽃초등학교)

영어 전담교사를 맡으면서 영어 시간이 되면 각 반 교실에 가서 수업하고, 다시 교과 전담 실로 돌아오는 일정들이 하루에도 몇 번씩 반복되었다. 한 교실에서 아이들을 기다리는 것이 아니라, 내가 항상 옮겨 다니며 수업을 하니 교실 문을 여닫는 일이 매시간 일어났다.

"Hello, teacher!"

앞문을 열자 한껏 들뜬 목소리가 크게 울려 퍼지고, 오늘은 어떤 활동을 할지에 대한 기대와 즐거움으로 아이들의 눈이 초롱초롱 빛나고 있었다.

"Hello, everyone!"

나는 25명의 학생이 합친 목소리에 지지 않겠다는 의지로 크게 대답하며 영어 시간의 시작을 알렸다.

사실 평소 내 목소리는 작은 편이다. 명랑하지도 않고 그저 단조롭다. 게다가 목이 자주 아파서 금방 목소리가 쉬거나, 염증이 자주 생기곤 했다. 하지만 영어를 가르칠 때는 크고 밝은 목소리로 가르치고 싶은 욕심이 생긴다. 그도 그럴 것이 영어 수업은 선생님의 말씀을 반복적으로 따라 말하며 핵심 표현을 익히는 과정이 중요한 데, 내 목소리가 작고 힘이 없으면 학생들이 분명한 발음을 듣기 어려울 수도 있고 또 학생들의 목소리도 선생님 따라서 힘이 없기 때문이다. 하지만 40분 동안 숨겨둔 에너지를 열심히 끌어다 수업을 하고 나면, 가뜩이나 약한 목이 금방 지치게 된다.

수업을 마치는 끝인사는 조용히 하려는데, 아이들이 먼저 힘차게 외쳤다.

"Good bye, teacher!"

아이들의 목소리는 그날의 활동이 재밌었던 만큼 더 커지게 된다. 그걸 알기에 나 또한 뿌듯한 마음으로 아이들의 목소리에 따라 힘차게 대답했다.

"Good bye, everyone!"

명랑한 인사를 마친 후, 문을 열고 복도로 나가자마자 내 목소리는 다시 톤이 낮아진다. 교과 전담실로 돌아가서 물을 마시고 다시 다음 교실을 향하는 와중에도, 이전 수업에서 보였던 에너지는 찾기가 어려웠다. 그래도 다시 문을 열고 교실에 들어서면 아이들의 밝은 표정과 기대에 찬 목소리가 내 목소리를 마법처럼 바꾼다.

"Hello, everyone!"

줄곧 학습 분위기를 내가 홀로 이끌어나간다고 생각했는데, 사실은 25명의 마법사가 빛나는 눈과 기대에 찬 미소로 '함께' 수업을 만들어간다는 것을 다시금 느끼게 되었다.

선생님의 목도 관리해주세요,

사실 영어 수업 시간이 아니어도 선생님의 목은 쉴 틈이 없는 경우가 많습니다. 수업 시간은 물론, 쉬는 시간에도 학생들과 소통하다 보면 목이 무리하고 있다는 것을 잊고 있을 수가 있습니다. 바쁜 일정을 소화하느라 선생님의 건강을 뒤로 미루지 않기를 바랍니다.

무한한 가능성을 품은 너

정민경(솔빛중학교)

5월의 따사로운 어느 날, 우리는 근교로 체험학습을 떠났다. 코로나 사태로 한동안 제대로 된 체험학습을 가본 기억이 없기에 아이들은 물론이거니와 학부모님들도 기대 반 걱정 반으로 이날을 맞이했다.

"고속버스에 자리는 어떻게 앉아요?", "옷은 사복 입어요, 교복 입어요?", "용돈은 얼마나 가져가야 해요?", "밥은 어떻게 먹어요?" 아이들의 질문이 떠나질 않았다. "친한 친구끼리 옆자리에 앉게 해주세요.", "모둠은 우리가 정하게 해주세요."라며 마지막에 애교 섞인 목소리로 "제발요~."라며 반짝이는 눈으로 나를 쳐다볼 때면 당장이라도 "좋아!"라고 말해주고 싶었다.

그러나 그렇게 해줄 수 없었다.

체험학습 떠나기 며칠 전, 나는 한 통의 전화를 받았다. 바로 우리 반

지현이의 어머니에게서 온 전화였다.

"선생님, 안녕하세요? 지현이 엄마입니다. 제가 고민하다 연락을 드렸는데요, 다름이 아니라… 이번 체험학습에 제가 따라가도 괜찮을까 싶어 연락드렸습니다."라고 말씀하셨다.

지현이가 내성적인 편이라 친구들과 두루 지내지 못하고 있다는 것은 알고 있었지만 이렇게까지 연락을 따로 주실 줄은 몰랐다.

"곤란하시면 점심시간에라도 살짝 들러 아이 밥 먹는 것만 보고와도 괜찮나요? 사실 지현이가 친구가 없어서 걱정되네요. 다른 친구들은 다 같이 모여 밥을 먹을 텐데, 지현이는 같이 밥 먹을 친구도 없고… 혼자 알아서 먹겠다고는 하는데 엄마로서 영 맘이 안 좋아서요."라고 하시는 것이었다.

그 말을 듣는 순간, 나도 엄마 된 마음으로 가슴 한구석이 아렸다. 그러나 지현이 담임으로서 "그렇게 하세요."라고 말씀드릴 수 없었다. 정말로 체험학습 장소에 와서 아이와 함께 밥을 먹는다고 하더라도 순간 엄마의 불안감은 잠재워지겠으나 그건 본질적인 해결책이 아니기 때문이다. 지현이가 먼저 요청한 사항이 아닌 이상 아이의 처지에서도 결코 좋은 결정이 아니라는 생각이 들었고 오히려 지현이에게는 이번이 홀로 자립할 기회일 수 있겠다는 판단이 들었다.

"어머니, 걱정 많이 되시죠? 그래도 지현이가 혼자 먹어도 괜찮다고 하니, 이번에는 아이를 한 번 믿어보는 것이 좋을 것 같아요. 오히려 어머니가 오시게 되면 지현이가 자립할 기회를 놓치게 됩니다."라고 조심스럽게 말씀드렸다.

그러자 어머니는 "사실 지현이에게는 말하면 오지 못하게 할 것 같아 아직 말은 않았는데요, 그래도 밥 먹는 것 보고 오고 싶어요."라고 내심 아쉬워하셨다.

그동안 내가 보아온 지현이는 말이 없고 혼자 지내는 시간이 많기는 해도 남 눈치를 살피거나 주눅이 드는 아이가 아니었다. 독립적인 성향이 강하고 자신의 영역 안에서 늘 열심히 노력했으며 눈빛은 늘 반짝였다. 어머니도 그런 지현이의 성격을 잘 알고 계셨고, 이번 제안은 지현이를 위해서가 아닌 엄마의 불안함을 위한 것이라는 생각이 들었다.

그렇다면 더더욱 어머니가 따라오실 필요가 없었다.

"제가 지현이 잘 살펴볼 테니 너무 걱정하지 마시고요, 아이를 믿고 보내주세요. 충분히 잘 다녀올 거예요. 정 불안하시면 저에게 또 연락해 주시고요, 너무 걱정하시지 않으셔도 되세요."라고 재차 안심시켜 드린 뒤 전화를 끊었다. 전화를 끊고 난 뒤 나의 머릿속에는 생각이 많아졌다. 지현이가 잘 해낼 거라는 믿음에 호언장담하긴 했으나 '혹시나' 하는 불안감도 조금은 있었다. 정말로 지현이가 잘 다녀올 수 있어야 하는데, 만약 내 생각이 틀렸으면 어떡하지?

그 뒤로 체험학습을 하러 가는 날까지 은근히 지현이에게 마음이 쓰였다. 그러나 티를 낼 순 없었다. 지현이는 과도한 관심을 주면 오히려 부담스러워하는 아이라는 걸 알기에 신경 쓰지 않는 척했으나 고속버스 자리는 나의 뒷자리로 배치하고, 두루 무난한 성격의 아이들과 같이 다닐 수 있게 모둠을 짜서 혹시 모를 상황에 미리 대비하였다.

체험학습 날, '어머니께 호언장담했는데 지현이가 마음이 안 좋으면 어쩌지?', '밥 먹는 데 가서 말을 걸어볼까?' 온종일 지현이의 마음이 어떨지 신경 쓰였다. 그렇지만 정작 내가 나서서 말을 건다거나 지현이의 시간에 무리해서 끼어들어 어색함을 만들고 싶진 않았다. 그저 멀리서 바라보고 관찰하기만 할 뿐이었다.

지현이는 평소에 속을 잘 드러내지 않았다. 그러나 그동안 몇 번의 짧은 대화를 나누며 심지가 곧고 정신이 건강한 아이라는 걸 알 수 있었다. 그래서 나의 마음 한구석에는 지현이가 어머니의 걱정만큼 심각하지 않을 것이라는 생각과 잘 해낼 거라는 믿음이 자리 잡고 있었던 것 같다. 그렇게 체험학습은 아무 일 없이, 특히 지현이의 마음이 다치는 일 없이 잘 다녀왔다.

이후 6월, 7월. 시간은 빠르게 지나갔다.
중학교 생활에 적응을 끝낸 아이들은 진작 자신의 매력을 뽐내며 즐거운 학교생활을 해나갔지만, 지현이는 여전히 조용한 친구로 지내고 있었다.

그러던 1학기가 끝나갈 무렵, 더운 날이었다. 집에서 아무도 없을 때 춤추는 것을 좋아한다던 지현이는 갑자기 어떤 결심이 섰는지 친구들 앞에서 그동안 갈고닦은 실력을 가감 없이 보여주었다. 깜짝 놀랄만한 이벤트였다. 아이들이 눈이 휘둥그레지며 서로를 바라보았다. 지현이의 반전 매력이 드러나는 순간이었다.

지현이의 춤은 흔히 여학생들이 추는 아이돌 댄스가 아닌 신나는 동요에 맞춰 추는 춤이었다. 그랬기에 더 아이들이 주목했다. 지현이는 제대로 나를 알리고자 단단히 마음을 먹은 듯했다. 동요에 맞춰 춤을 춘다는 것이 조금은 생소했지만, 진심으로 춤을 추는 지현이의 모습은 한 번 보면 결코 잊을 수 없는 강렬한 인상을 남겼고 아이들도 서서히 지현이의 매력에 매료되었다.

저렇게 나서기까지 얼마나 많이 고민하고 용기를 내었을까. 얼마나 많은 생각을 했을까. 스스로 마음속 벽을 무너뜨리고 소통하고자 손을 내민 모습이 너무나도 기특했다.

또 한편으로는 '혹시나 친구들이 놀리면 어쩌지?'라는 생각도 들었다. 청소년기의 특성상 아이들은 자신들과 조금 다르다고 생각이 되면 여러 좋지 않은 말을 하기도 한다.

하지만 걱정은 기우였다. 지현이의 당당하고 진심 어린 모습에 어느새 아이들은 즐거워하며 같이 손뼉을 치고 함께 노래했다. 우려와는 달리 아이들은 이미 서로의 다름을 자연스럽게 받아들이고 인정할 수 있는 성숙한 마음을 가지고 있었다. 그렇게 우리는 다채로운 색을 지닌 하나의 무지개가 되고 있었다.

지현이는 그렇게 용기를 냄으로써 우리 반의 마스코트로 자리 잡았다. 2학기 회장에까지 당선되며 우리 교실에 웃음이 넘치도록 만들어주었다. 조용히 자리에 앉아 자기 할 일만 하고 친구들과 잘 어울리지 않던 지현이의 변화는 주변 친구들의 변화로, 우리 전체의 변화로 이어지며 교실을 밝은 기운으로 서서히 물들였다.

꽃무늬 바지를 입고 동요를 부르는 모습이 매력적인 지현이는 때로는 엄격한 재판관으로, 때로는 부드러운 의견 조율자로, 때로는 웃음 폭격기로 활동하며 우리가 하나가 될 수 있게 해주었다. 평소에 보여준 예의가 바른 모습, 노력하는 모습에서 아이들도 자연스레 지현이를 믿고 따랐고, 지현이는 그렇게 교실의 중심을 잡아 나갔다. 아이들은 함께 생활하며 지현이를 리더로서 자연스럽게 인정하고 있었던 것이었다.

어느 날은 아이들 사이에서 오해가 생겨 뒤숭숭한 분위기였다. 오해가 오해를 낳고, 부정적인 말이 부정적인 말로 되돌아오는 상황이었다. 나는 교실 분위기를 긍정적으로 전환하고자 아이들에게 종이를 하나씩 나눠주며 우리 반에서 칭찬해주고 싶은 친구 3명을 뽑아 이름과 그 이유를 쓰도록 했다. 나의 의도는 친구들의 장점을 발견해보자는 것이었다. 종이를 받은 아이들은 친구들의 얼굴을 한 명씩 쳐다보며 생각보다 진지하게 고민하며 적어나갔다.

교무실로 돌아와 아이들이 적은 내용을 하나씩 읽어보았다. 이렇게나 다양한 친구들이 다양한 이유로 서로 고마움을 느끼고 있었다니. 모든 친구가 고루 칭찬 하나 이상씩은 받은 가운데, 지현이가 압도적인 일등이었다. 남학생, 여학생, 내성적, 외향적인 친구 상관없이 모두가 지현이를 칭찬하며 묵묵히 자기 할 일을 해낸 지현이를 알아봐 주고 있었다.

아이들의 칭찬을 모아 예쁘게 출력하여 교실 앞에 붙여두었다.
수업이 끝나고 텅 빈 교실, 지현이가 그것을 바라보며 미소를 짓고 있었다. 나는 지현이에게 다가가서 "지현과 그동안 여러 행사 치르느라 힘들었을 텐데, 고마워. 많이 힘들었지?"라며 등을 토닥였다. 한술 더 떠 어깨를 축 늘어뜨리며 "네~ 힘들었어요." 하는 지현이다. 그렇지만 웃어 보이는 지현이가 대견하다. 엄마에게 자랑해야겠다며 해맑게 사진을 찍는 모습을 보는데 내 머릿속에는 3월부터의 지현이 모습이 파노라마처럼 스쳐 지나갔다.

연이은 학교 행사로 의논할 것도 많고 따로 시간을 내어 준비할 것도 많은 날이 이어져 지현이가 많이 지쳐 보이던 차였다. 그런데도 긍정적인 마음으로 아이들의 의견 하나하나에 귀 기울이는 모습을 보며 나도 지현이로부터 배울 점이 참 많았다.

1년 동안 지현이는 많은 성장을 했다. 함께 한 친구들도 성장했다. 나도 성장했다.

함께했던 시간을 돌아보며 사진첩에 저장된 사진들을 쭉 훑어본다. 사진 속 지현이는 늘 미소 짓고 있다. 그것도 아주 환하게.

집에서는 마냥 어리숙하게만 느껴지는 아들, 딸일지 몰라도 모두 씩씩하게 사회생활을 해나가는 힘을 지니고 있다. 아이들은 어른들이 생각하는 것보다 강하다. 무한한 가능성을 품고 있다. 아이들을 한 명, 한 명 가만히 들여다보면 오늘도 각자 맡은 자리에서 나의 이야기, 우리의 이야기를 써 내려가고 있다. 그렇게 아이들은 오늘 하루도 성장해 나간다.

아이들의 가능성을 믿어 주세요.

자라나는 아이들은 1년, 한 달, 심지어 하루 동안에도 성장이 일어납니다. 그것이 눈에 띄게 보이지는 않아도 조금씩 내면의 변화가 일어나고 있어요. 그 힘을 믿고 스스로 자립할 수 있다는 믿음을 보여주세요. 아이들도 선생님의 눈빛과 말에서 '선생님은 내가 잘할 수 있다고 믿고 계시는구나.'라는 안정감을 느끼고 용기를 얻을 수 있답니다. 3월 초 아이들을 만났을 때와 1년 뒤 헤어질 때를 비교해보면 부쩍 자라난 아이들을 느끼실 수 있을 거예요.

배우고 싶다, 가르치고 싶다

최혜림(시초초등학교)

학교는 교육의 공간이다. 가정을 제외하고 가장 처음 만나게 되는 사회화의 기관이기도 하다. 아이들은 자신과 다른 친구들을 만나고, 자신의 행동을 평가해줄 어른을 만난다. 어떤 아이는 어른보다 더 지혜롭고 마음 넓은 행동으로 교사인 나를 놀라게 하기도 한다. 그러나 아무리 착하고 명석한 아이일지라도, 아이는 아이인지라 실수할 때가 분명 있다. 그럴 때 아이는 자신의 행동이 나쁘다는 것을 알면서도 어떻게 문제를 해결해야 하는지 알지 못하거나, 찜찜한 기분으로 자신의 행동을 곱씹게 된다. 그럴 때 교사는 아이를 도울 수 있다.

교사는 아이의 성장을 위해 최선을 다한다. 어떤 교사도, 아이가 실수하기만 바라며 눈을 부라리고 있지 않다. 잘못된 행동은 혼내고, 잘한 행동은 아낌없이 칭찬한다. 그런데 요즈음은 교사들 사이에서도 이런 당연한 것들이 조심해야 할 행동이 된다. 소위 흐린 눈, 흐린 귀를 외치며 외면하는 것이다. 선배 교사로서 후배에게 한다는 조언이 '애들 기분 나쁘지 않게 잘 말해.'일 때는 교사는 서비스 종사자인가 하는 씁쓸한 물음이 내 속을 한동안 휘젓는다. 혼나는 것은 당연히 기분이 나쁜 일이다. 그러나 아이의 기분이 상해, 혹시라도 학부모가 문제로 삼는다면 '기분 상해 죄'로 직위해제를 비롯하여 당장 교직이 위태한 현실이다.

한 선생님의 죽음이 있었다. 그리고 우리가 미처 알지 못했던 교실 속의 수많은 죽음이 있었다. 이 일을 계기로 전국의 교사들이 분노하고 'Me, too.'를 외치며 목소리를 내기 시작했다. 화가 난 얼굴로 교실 문을 열어젖히는 학부모, 절박 유산으로 병가를 쓴다는 이유로 받아야 했던 국민신문고 민원. 심장이 배꼽 아래까지 내려앉고 온몸의 피가 식어가는 그 기분을 나라고 왜 느껴보지 않았겠는가. 그런데도 나는 포기하고 있었다. 가르치는 일의 존귀함을 버리고 생존하기 위해 몸을 사렸다. 더 많이 희생하고, 내 삶을 포기하면서 살아가면 어찌어찌 버틸 수는 있으리라 생각했다. 그래서 내 동료가, 후배가 고통받는 것을 애써 외면했다. 근조화환을 보내며 나는 선생님을 추모할 뿐 아니라 우리 공교육을 함께 추모했다. 아이들의 성장과 의미를 외치기에는 너무나 위험해져 버린, 붕괴한 교실을 추모했다.

그리고 너무나 역설적이게도 나는 교실에서 잘 살고 싶어졌다. 너무나 당연한 그 권리를 갖고 싶어졌다. 나는 가르치고 싶다. 바른길을 가르치고, 행복한 삶을 살아가는 방법을 가르치고 싶다. 세상에 나가서 잘 살 수 있는 기술들을 가르치고, 함께 만들어나가는 소중한 추억을 주고 싶다. 평범한 교사인 내가, 평범한 아이들을 만나 딱히 특별한 것 없는 그런 학급살이를 하고 싶다.

교대를 자퇴하기 위해 백방으로 알아보면서도, 어쩔 수 없는 성실함으로 수업을 듣던 시절에 교생실습은 내 삶의 방향을 바꾸었다. 헤어지던 날 "선생님. 꼭 우리 선생님이 돼주세요."라며 펑펑 울던 5학년 아이의 붉어진 눈이라던가, 한 글자 한 글자 꾹꾹 눌러 담은 사랑이 담긴 편지는 어쩌면 나도 교사가 될 수 있을 거라는 희망을 주었다. 교사가 되어서 만난 아이들은 생각보다 더 많이 나를 행복하게 했다. 젖살이 미처 빠지지 않은 통통한 얼굴이 귀엽다던가, 예상치 못할 때 받는 사랑의 시와 노래는 받아본 사람만이 알 수 있는 교직의 참 행복이다.

당연한 것이 당연하지 않았던 시절을 두 번 다시 반복할 수 없다. 나는 다시는 숨거나 외면하지 않는다. 당연한 것을 위해, 눈물 흘리는 대신 목소리를 높여 외친다.

아이들은 배우고 싶다. 교사는 가르치고 싶다.

안전한 배움의 장소에서 만나요.

우리 힘들면 힘들다고 서로 말하기로 해요. 궁금한 건 서로 물어봐요. 연대해요. 바꿀 수 없다고 포기하지 말아요. 나를 바라보고 있는 우리 아이들의 해맑은 눈동자들을 지켜줘요. 아이도, 교사도 모두 안전하게 배우고 가르칠 수 있는 교실에서 만나요.

천천히 가도 괜찮아

하나(수원잠원초등학교)

주의 집중에 문제가 있는 아이로 3학년 때부터 많이 혼나고 올라온 학생이 있다. 첫날부터 자기를 화나게 하면 응당 보복할 것이라는 으름장으로 소개를 대신한 아이였다. 생김새는 귀엽고 사랑스럽지만, 가시가 돋친 곳이 많아 보였다. 가만히 앉아 있기보다는 이리저리 뛰어다니길 좋아하고, 교실 바닥에 드러눕기도 한다. 주의 집중 문제의 전형적 행동이 있는 학생이다. 하지만 한 달 정도 지켜보니 아이의 특성이 구체적으로 보이기 시작하면서 훈육 방향을 정하는 데 무리가 없다 판단했다. 쉽게 해결될 문제는 아니지만, 훈육을 받아들이는 태도가 좋고, 이해력이 탄탄한 아이인지라 인내심을 가지고 기다려주면 충분히 개선되리라 생각하고 있다. 마냥 긍정적인 면만 보는 것은 아닌지 생각도 해보았지만, 확실히 발전 가능성이 농후한 학생이란 결론이다.

그런데 어느 날 그 아이가 서럽게 울었다. 얼마나 길게 울던지 마음이 아팠다. 회피의 눈물도, 분노의 눈물도 아니라는 걸 단박에 알 수 있었다. 서러움의 눈물이었다. 그래서 꼭 안아주었다. 좀 진정이 된 아이에게 물었다. 이유인즉슨 과학 시간 모둠 활동 중에 친구에게 장난친다는 핀잔을 들었는데 평소라면 그냥 지나갔을 말에 눈물이 왈칵 쏟아진 것이다. 왜 눈물이 났는지 물었더니….

"과학 시간만큼은 진지하게 활동을 했는데 장난치는 거로 생각해서 속상했어요."

"그랬구나. 선생님은 기쁘다. 너의 속마음을 이야기해준 것도 고맙고, 장난치지 않고 진지한 태도로 노력했기 때문에 생긴 일이니까 더 감사하네."

아이를 격려하며 상대편 아이 처지도 이해할 수 있도록 조언했다. 그러고 나서 반 전체 아이들에게 이야기를 해주었다.

"오늘 ○○이가 많이 울었어요. ○○이가 서럽게 운 이유는 열심히 노력하고 있는데 장난이라고 생각한 것 같아 속상했대요. 선생님도 그런 경험이 있어요. 선생님 대학생 때 일이에요. 어머니께 요리를 대접하려고 준비하고 있는데 못 미더우셨는지 잔소리를 하신 거예요. 조언해줄 수 있는 상황이었는데 선생님은 괜히 속상해서 화를 내고 말았어요. 잘한다고 생각했는데 무시 받는 것 같아서 속상했던 거지요. 아마 ○○이도 그런 마음이었던 것 같아요. 여러분이 응원해 준다면 분명히 힘이 날 것이에요. 여러분 중에도 응원이 필요하면 꼭 선생님께 말해주세요. 서로를 응원하면서 성장할 수 있으면 좋겠네요."

비록 ○○이는 완벽하지 않다. 여전히 집중이 쉽게 분산되고, 손장난이 심하며, 수업 준비도 부족하다. 하지만 어느 순간보다 진지한 마음가

짐으로 노력 중이고 성장 중인 ○○이를 진심으로 응원한다.

그리고 또 다른 한 아이는 배움이 더딘 학생이다. 2학년 때까지 한글을 원활히 읽지 못했고, 3학년 때는 구구단을 완성하지 못했다. 지금은 곱셈과 나눗셈 기초 연산을 어려워한다. 긴 글쓰기도 힘들다. 하지만 춤을 잘 추고 노래도 아주 잘 부른다. 누가 가르쳐 주지 않았는데도 제법 잘 따라 추는 아이의 모습이 너무나 귀엽다. 노래를 부를 때 목소리는 얼마나 미성인지 모른다. 또래 친구들과도 어울리는 데 문제도 없고, 칭찬받고 싶은 마음도 또래 아이들과 다름이 없는 사랑스러운 학생이다. 유난히 학습 영역에만 더딘 아이라서 그 격차가 더 힘들게 느껴지는 것 같다.

그 아이 어머님과 학기 초 상담을 하면서 또래보다 항상 1년씩 느리다는 것을 알게 되었다. 게다가 학습된 무기력과 회피 기재가 있어서 초에는 상당히 걱정했다. 작은 실수에도 눈물이 그렁그렁해지고, 배가 아프며, 몸이 간지러워졌기 때문이다. 이런 아이에게 여러 번 단호하게 훈육을 했다.

"잘하려고 학교 오는 게 아니란다. 학교는 배우려고 오는 곳이고, 선생님은 못하는 부분을 도와주려고 있는 거야. 그러니까 절대로 실수를 부끄러워하면 안 된단다. 못하는 것이 절대로 부끄러운 것이 아니야. 못하겠다고 포기하면 선생님은 도와주고 싶어도 도와줄 수가 없어."

누누이 이야기도 나누고, 오후에 함께 수학 보드게임, 국어 낱말 카드, 맞춤법 플래시 카드놀이를 하며 열심히 시간을 보낸 덕분인지 꽤 친해진 느낌이 든다.

"선생님 수학 공부가 이렇게 재미있었던 건 처음이에요."

라고 이야기하며 웃으니 정말 기쁘고 감개무량했다. 이 아이 하나를 위해 교구를 꽤 샀는데 보람이 있다. 하지만 바로 다음 주에는 "힘들어요. 문제가 어려워요."라고 칭얼거렸다. 똑같은 놀이 활동에 문제를 조금 더 추가했을 뿐인데…. 그래도 열심히 공부하고 뉴진스의 〈하입보이〉를 추며 즐거운 모습으로 하교했다.

그 다음 주는 분수 교구를 활용한 수학 놀이를 진행했다. 교구를 보자마자 "재미있겠다." 말하며 의욕을 비추었다.

'휴우~ 다행이다.'

포기하지 않는 것만으로도 칭찬을 넘치게 해주어야 할 아이라서 재미있어할 때 더 많이 가르쳐 주고 싶다. 구체적 조작기의 특징을 여전히 가지고 있는 학생이라 교구를 더 다양하게 준비해서 접근하게 되고, 그 과정이 아이에게 잘 적용되고 있다는 것은 참 다행이다.

아이들을 지도하면서 저마다 다른 속도에 대해서 실감하게 된다. 어떤 아이는 빠르게 이해하고 눈치 있게 행동하지만, 어떤 아이는 느리게 이해하고, 천천히 결정한다. 느리게 이해하고 천천히 결정하는 것이 나쁜 것은 아닌데 왜 자꾸 재촉하게 될까? 느려도 괜찮은 거다. 사회는 아이들을 더 빨리 달리게 만들지만, 자신만의 속도를 알고 끝까지 포기하지 않으면 되는 거다.

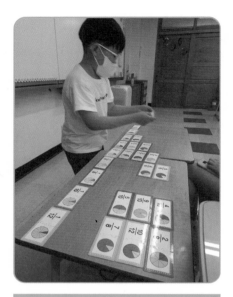

분수 교구로 신나게 공부하는 학생

아이마다 다른 속도에 지도하기 어려워요.

　어떤 아이는 빠르게 이해하고 눈치 있게 행동하지만, 어떤 아이는 이해가 느리고 천천히 결정합니다. 천천히 이해하고, 느리게 결정하는 것은 나쁜 것이 아닌데 왜 자꾸 재촉하게 될까요? 느려도 괜찮은 것인데 말이죠. 사회는 아이들을 더 빨리 달리게 만들지만, 각자의 속도를 인정하되 끝까지 포기하지 않도록 지원하는 것이 교사의 큰 역할이자 꽤 무거운 책무입니다. 그래서 더 소중한 역할이기도 하고요.

손잡고 성장하는 우리

허영운(남광초등학교)

아이들을 가르치다 보면 성장한 모습이 잘 보이는 경우가 있다. 그럴 때면 '이 아이는 나를 만나서 자라난 걸까? 아니면 그냥 자연스럽게 나이가 들어가면서 자라난 걸까?'라는 생각이 든다. 물론 둘 다 맞을 수도 있지만 어떤 요인이 더 큰 영향을 주었을지가 내심 궁금하다.

우리 반은 매달 마지막 주에 학급살이와 교우 관계를 점검하는 설문을 한다. 한 달 동안 다른 친구를 잘 챙긴 사람이 누구인지, 도움이 필요해 보이는 친구가 있는지, 선생님에게 말하지 못한 속상한 일은 없는지 등을 물어본다. 매달 설문지에는 다른 친구를 살뜰히 챙기고 말과 행동을 바르고 곱게 한 아이들의 미담이 담겨 있다. 이런 아이들의 미담을 보고 있자면 '어떻게 이렇게 멋진 아이가 있을까?', '친구의 좋은 점을 이렇게 자세히 잘 관찰하고 있었구나!' 하는 생각과 함께 우리 반 아이들 한명 한명을 깨물어주고 싶을 정도로 사랑스럽게 느껴진다. 또 이전과 비교하면 말과 행동이 순해지고 친구를 배려하려는 노력이 보였다는 아이들에 대한 증언들이 쏟아질 때도 있다. 이런 설문을 읽고 있으면 그 아이의 노력이 생각나서 마음이 뭉클해지기도 한다. 학급살이에 대한 설문은 이런 맛에 안 하고 넘어갈 수가 없다.

아이들도 매달 설문이 끝나면 그달의 설문결과를 궁금해한다.
"이번 달에는 ○○○이가 노력한 면이 많이 보였나 봐! 친구들이 말도 행동도 예쁘게 했다고 많이 적었네?!"
"이번 달에도 ㅁㅁ이는 친구들과 잘 지냈구나! 친구의 장점을 찾아서 알려준 일이 있었다고 하네?! 대단하다."
아이들이 적은 미담과 격려를 나눌 때면 박수와 웃음소리가 교실 가득 피어나곤 한다. 함께 기뻐하고 축하해주는 아이들의 모습은 아름다운 그 자체이다.

학급설문에는 선생님에 대한 질문도 있다. 선생님의 장점, 이번 달 선생님에게 가장 많이 들은 말, 선생님에게 부탁하고 싶은 점 등이다. 내가 특히 주의 깊게 보는 답변은 선생님의 장점이다. 선생님의 모습을 본받는 아이들이 많으므로 아이들이 바라본 나의 모습에서 좋은 점은 앞으로도 계속 유지하려고 노력한다. 또, 우리 반은 학급 특색활동으로 공동체 놀이를 한다. 그래서 항상 부탁하고 싶은 점에는 공동체 놀이를 많이 하자는 내용이 단골 메뉴로 등장한다. 아이들의 조언은 교사로서 내가 성장할 방향이 알려준다.

'선생님은 웃기게 수업을 해주신다. 재미있다.'

'선생님은 이야기를 잘 들어준다.'

'선생님은 굿! 이라고 많이 했다.'

'선생님이 교실 놀이 매일매일 하면 좋겠어요.'

아이들이 주는 피드백 속에서 나 또한 성장함을 느낀다. 나조차 모르는 나의 장점을 적어서 많은 격려를 받기도 하고, 나아갈 방향을 알려주기도 한다. 나도 교실 속의 한 존재로서 도전하고 응원받고 있다. 교실 속에서 아이들과 같이 자라나는 나를 느낀다. 모두가 함께 손잡고 성장하는 우리가 기특하고 이쁘다.

교사로서 성장하고 있는 점을 찾고 응원해 주세요.

교실에서 아이들의 배움을 응원하고 격려하는 선생님들 또한 성장하고 있음을 잊지 마세요. 아이들에게 따뜻하게 칭찬과 격려를 하듯이 자신의 성장과 노력에 대해서도 인정해주세요. 교실 속에서 우리 함께 서로를 지지하며 성장하기로 해요. 서로를 통해 좋은 점을 배우고 더 멋진 사람이 돼요. 서로 손잡고 성장하는 우리가 되기로 해요.

시나브로 자라는 아이들

황재흠(영주서부초등학교)

아기가 태어나 100일쯤 되면 개인차는 있지만 첫째, 주 양육자의 얼굴을 알아보기 시작하며 둘째, 목을 잘 가누지 못하던 아이가 고개를 뻣뻣하게 들 수 있고 셋째, 낮과 밤을 구별하여 '통잠(중간에 깨지 않고 아침까지 쭉 자는 것)'을 잔다고 한다. 통잠과 2~3시간 낮잠을 시작하는 100일쯤이 되면 그나마 여유가 생긴다고 하여 이를 '100일의 기적'이라고 부른다. 그렇다면 우리 반에도 '100일의 기적'이 일어날까?

100일을 함께 지내면서 우리 반이 무엇을 했을지 생각해 보았다. 매일 아침 다같이 10분 동안 책을 읽었다. 교실요가(스트레칭)라고 해서 학생이 대표로 교실 앞에 나와 동작을 시범 보이면 나머지는 따라하며 몸을 풀었다. 가끔은 신나는 음악을 틀고 춤을 추기도 했다. 수업 시간에는 교과서(글)를 읽고, 공책 정리를 하고, 각자의 생각을 친구들과 나누었다. 아이들이 첫날 쓴 글씨를 보고 안 되겠다 싶어서 맞춤법 따라쓰기(필사)

를 매일 하고 있다. 4학년 1학기 3단원 '곱셈과 나눗셈'을 대비해 3학년 사칙연산을 복습하는 중이다. 처음에는 손가락 아프다고 투덜거리던 공책 필기도 어느덧 자연스러운 수업 루틴이 되었다.

사회 2단원 '지역사회 문제해결' 단원을 '환경 프로젝트'로 재구성하여 공부하고 있다. 우리 학교 주변과 동네에서 줍깅(걷거나 뛰면서 쓰레기를 줍는 활동) 하면서 우리 주변 쓰레기 문제를 어떻게 해결하면 좋을지 생각해 보았다. 해결방법을 정리하여 제안하는 글을 작성했고 마지막으로는 포스터, 표어, 노래 가사 바꾸기 등 다양한 캠페인 자료를 만들 예정이다.

제안하는 글을 총 3번 써 보았다. 첫 번째는 모둠 친구들과 협력해서 우리 학교 문제를 해결하기 위한 글을, 두 번째는 개인적으로 플라스틱 사용 문제를 해결하기 위한 글을, 마지막은 개인적으로 줍깅을 하면서 파악한 우리 학교(동네) 쓰레기 문제를 해결하기 위한 글을 작성하였다. 세 번째 제안하는 글은 이번 프로젝트 수업에서 가장 중요한 결과물로 학교 여러 장소에 게시하기 때문에 더 신경 써서 수업을 했다. 제안하는 글의 목적은 사람들에게 문제 상황을 알리고, 설득하는 것이다. 한 사람이라도 더 글에 관심을 가지도록 글을 써야 한다. 사람의 눈길을 끌 수 있는 제목을 짓기, 중요한 문장이나 단어가 눈에 잘 띄도록 표시하기, 더 쉽게 글을 읽을 수 있도록 문단 나누기를 평소보다 더 강조했다. 이 수업에 진심인 나의 마음이 전해진 건지 아니면 자신이 쓴 글이 학교 여기저기에 게시된다는 부담 때문인지 모르겠지만 아이들은 평소보다 더 진지한 태도로 글을 썼다.

'아~ 제목과 내용이 일치하지 않네.'

'근거가 충분하지 않은걸? 이건 틀린 설명인데 다시 쓰라고 해야겠다.'

'중요 문장과 단어에 표시를 해야겠군.'

아이들 쓴 글을 확인하면서 아쉬운 부분과 수정할 부분이 눈에 보였다. 나의 꼼꼼한 피드백으로 아이들은 내용을 고치고, 보충하느라 더 분주해졌다. 시간이 부족하여 나의 정한 목표에 미치지 못한 채 글쓰기를 마무리하고 다음 시간으로 넘어갔다.

'아쉬워도 어쩔 수 없지. 전체 글을 다시 쓸 수 없으니 여기까지 해야겠다.'

점심시간에 행정사님께 아이들이 쓴 글을 코팅해 달라고 부탁드렸다. 수업을 마치고 교무실에 가보니 이미 코팅을 끝내고 안전을 위해 뾰족한 모서리 부분을 둥글게 오리고 계셨다.

"선생님, 오리는 건 제가 해도 되는데 감사합니다."

"괜찮아요. 그런데 아이들이 글씨를 참 예쁘게 잘 쓰네요. 대충 쓴 학생도 있지만 전체적으로 다른 학년보다 글씨가 나은데요?"

"그런가요? 아이들이 쓴 글의 내용만 집중하다보니 미처 그 부분은 알아채지 못했네요. 복도에 게시한다고 했더니 더 정성들여 썼나 보네요. 글씨는 예쁘지만 내용은 부실합니다."

"아니요. 4학년이 이 정도면 잘 쓴 것 아닌가요? 아이들이 나름 합리적인 이유를 들어서 글을 썼던데요. 우리 아이는 작년에 이렇게까지 글을 쓰지 못한 것 같아요."

교실로 돌아가 아이들이 쓴 글을 한 장 한 장 다시 읽어보았다. 3월 첫날과 비교해 글씨가 정말 반듯해졌다. 내용도 천천히 읽어보니 행정사님 말씀처럼 괜찮았다. 어떻게든 배운 그대로 설득력 있는 글을 써 내기 위해 노력한 흔적이 보였다. 더 나은 글을 받아내기 위해 아이들이 쓴 글의 부족한 부분만 짚어주느라 아이들의 노력과 글 속의 장점을 찾을 생각을 하지 못했다. 이런 경우가 처음이 아니었다. 아이들이 쓴 글이나 미술 작품을 수업 시간에 바로 확인하면 아쉬울 때가 있다. 그러다 시간이 흘러 아이들의 결과물을 평가 하거나 작품으로 게시하려고 다시 보면 '어! 이렇게 괜찮은 글(작품)이었나?'라는 생각이 들 때가 여러 번 있었다. 나태주 시인의 「풀꽃」을 빌리면 "시간차를 두고 보면 예쁘다. 여러 번 보아야 사랑스럽다. 아이들 글(작품)이 그렇다."라고나 할까.

얼마 전, 영어 전담 선생님과 이야기 나눌 기회가 생겼다.

"선생님, 지금 아이들 작년에는 수업 시간에 내 설명을 듣고 있는 건지, 그냥 앉아만 있는 건지 구분이 되질 않았어요. 수업할 때마다 혼자 떠드는 기분이었어요. 그런데 올해는 수업이 됩니다."

"다행이네요. 저도 학기 초에 같은 고민을 했었어요. 3월에는 제가 설명을 하면, 제대로 듣는 아이들이 별로 없었거든요. 이제 조금 제 이야기를 경청하기 시작했어요."

"선생님은 매일 아이들과 함께 있으니 잘 모를 거예요. 저는 여러 반을 가르치고, 또 작년부터 아이들을 봤잖아요. 좋아지고 있어요. 너무 걱정 마세요."

알림장에 부모님 듣기 좋게 '아이들은 매일 조금씩 성장하고 있습니다.'라고 적곤 했다. 나는 놓치고 있었지만 아이들은 하루하루 자라고 있었다. 갑자기 눈에 확 띄는 100일의 기적은 아닐지라도 아무도 모르는 사이에 100일의 '성장'을 하고 있었다.

아이들은 시나브로 성장하고 있습니다.

"잘한 것을 잘했다고 하면 더 잘 하게 됩니다. 못한 것을 잘할 수 있게 도와주면 잘하게 됩니다." 사람과 교육 연구소 정유진 소장님에게 배운 피드백 방법입니다. 부끄럽지만 저는 아이들의 노력과 성장을 칭찬할 때보다 잘못과 부족함을 지적할 때가 많습니다. 그러다 '아차!' 싶어 이내 반성하고 아이들의 장점을 찾기 위해 노력하는 교사입니다. 모든 아이가 출발점은 다르지만 각자의 속도대로 조금씩 성장하고 있습니다. 아이들을 성장시키는 것은 '지시'와 '강요'가 아니라 '인정'과 '격려'입니다. "고마워", "덕분이야", "괜찮아", "다시 해볼까?" 교사의 따뜻한 시선과 지지를 통해 아이들은 자라게 됩니다.

3부

사랑

교실 속에서 찾은
기쁨과 슬픔

너는 나의 스승이야

곽초롱(창원교동초등학교)

"선생님, 칠판 지워도 될까요?"

보나 마나 수진이다. 쉬는 시간, 다른 아이들은 친구들과 장난치느라 여념이 없는데 수진이는 다음 시간을 준비한다. 미처 지우지 못한 지난 시간의 흔적들을 담당자도 아닌 수진이가 나서 칠판을 지우고 분필과 지우개를 정리한다.

뿐만이 아니다. 내가 교실 뒤판에 아이들 작품이라도 게시하고 있으면 어김없이 다가와 말한다.

"선생님, 제가 잡아 드릴까요?"

이 친절은 나에게만 향하는 것이 아니다.

아무렇게나 포개져 있는 친구들의 공책을 가지런히 하고 친구의 강낭콩 화분에 물을 준다. 밥 먹으러 가기 전 삐죽이 튀어나온 짝의 의자를 밀어 넣고 비뚤어진 책상 줄을 바로 한다. 누군가의 가방이 아무렇게나 바닥에 놓여 있으면 친구에게 묻는다.

"미미야, 내가 네 가방 가방걸이에 걸어도 될까?"

수업 시간 중에는 말할 것도 없다. 딴짓하느라 설명을 놓친 짝을 하나하나 챙긴다. 교과서 몇 쪽이고, 이건 이렇게 하는 거야. 수진이의 다정한 말투는 내 마음마저 녹인다.

활동지 하나를 받을 때도, 친구의 조그마한 도움에도 인사를 잊지 않는다.

"고맙습니다."
"고마워."

수진이의 이 놀라운 천성은 학부모 초청 공개수업 날에도 어김없이 발현된다. 아이들도 교사도 긴장한 공개수업 날! 아무리 철두철미하게 준비해도 예기치 않은 일은 늘 일어난다.

그날도 마찬가지였다. 공개수업이 한창인데 갑자기 거센 바람이 휙 불어온다. 바람은 창문가에 세워둔 강낭콩 화분 하나를 순식간에 바닥에 떨어뜨린다. 흙이 순식간에 사방팔방 튄다. 순간 몇십 개의 눈동자가 동시에 엎어진 화분을 향한다. 갑자기 정적이 흐르고 등에서는 식은땀이 난다. 찰나에 오만 생각이 왔다 간다.

'한창 활동 중인데 일단 멈추고 지금 당장 치워야 하나? 아니면 지금 활동까지는 마무리하고 조금 이따 치워야 하나? 어떡하지? 일단 아이들 먼저 안심시켜야겠다.'

"놀랐지? 괜찮아, 애들아."라는 내 말이 채 끝나기도 전에 수진이가 총알처럼 튀어 나간다. 미니 빗자루로 바닥에 흩뿌려진 흙을 모은다. 빛보다 빠른 속도로 쏟아진 흙을 정리하고 넘어진 화분을 다시 창가에 세운다. 모두가 눈을 껌벅이는 사이 30초 만에 사고를 수습한다. 자연스레 나도 얼른 쫓아가 뒷정리를 같이한다. 그렇게 마치 아무 일도 없었다는 듯 1분 뒤 남은 수업이 이어진다.

수업하면서도 수진이에 대한 생각이 머릿속에서 떠나질 않는다.

수진아, 도대체 너 가정교육을 어떻게 받았기에. 위기의 순간조차 감동의 순간으로 만드는 거야? 학년 말, 수진이에게 주면 좋은 상의 이름을 마음으로 되뇌어본다.

슈퍼맨 상?

성인군자 상?

그 어떤 상도 수진이를 표현하긴 어려울 것 같다.

학교에 꽃처럼 활짝 핀 수진이들 덕분에,

어렵고 힘든 하루에도 불구하고,

오늘도 나는 학교에 간다.

웃으며!

아이들은 우리의 스승입니다.

학교를 다니다 보면 어른인 나보다 훨씬 성숙한 어린이를 만납니다. 내가 그 나이 때 했던 말과 행동을 돌아보면 부끄럽기 그지없습니다. 처음 교단에 섰을 때 저는 교사는 가르치고 아이들은 배우는 존재인 줄 알았습니다. 그러나 이제는 아이들이 나의 진정한 스승임을 압니다. 교학상장(教學相長). 교사와 학생, 우리는 서로 가르치고 배우며 함께 성장하는 존재입니다.

선생님 따라 하기

김건(배곧해솔초등학교)

아이들은 아주 어린 시절부터 주변인을 보면서 자란다. 자신과 가까이에 있는 사람의 말과 행동을 보고 따라 하며 그 사람의 행실을 배워나간다. 따라 하는 것을 넘어 역할극을 하며 아이들은 스스로 즐거워한다. 지금은 학생들의 희망 직업에서 교사가 많이 내려왔지만, 교사는 학생들이 가장 쉽고 오래 접하는 직업이다. 그러다 보니 학생들은 교사 역할을 쉽게 따라 하고 그 역할을 하는 것을 즐거워한다.

아주 엄격하고 무서운 교사였다면 감히 그 앞에서 교사를 따라 하며 놀 생각은 못 했을 것이다. 나는 아직 그런 교사는 아닌 모양이다. 교과 보충을 위해 학생들을 남겨서 지도하던 와중에 채점을 기다리던 한 학생이 갑자기 교사가 되었다. 손가락 지휘봉을 들고는 지금부터 수업을 시작하겠다고 하니 채점하면서 웃음이 퍼진다.

"그래, 선생님이 되어 앞에 선 사람의 마음을 느껴보세요."
"저 잘해요!"

호기롭게 한 학생이 수업을 시작한다. 나머지 학생들은 학생으로 수업에 참여한다.

나는 매일 아침 서로 인사를 한 후, 그날 수업을 학생들에게 먼저 안내한다. 어른들도 갑자기 회의가 생기거나 일정이 생기면 당황스러운 마당에, 학생들에게도 갑자기 수업을 시작하는 것이 당황스러울 것이라는 어떤 교사의 글을 보고 난 이후부터다. 1교시부터 6교시까지 이런 내용을 수업할 것이라는 걸 알리고 질문을 받고 나면 "몇 교시에 뭐 해요?"와 같은 질문의 빈도가 확 줄어든다. 신기하게도 아이들은 이런 나의 행동을 하나하나 기억하고 그대로 따라 한다.

"자~첫 시간은 국어입니다. 국어책 170쪽을 펴세요."
"에에에 왜 국어를 1교시에 하는 거죠?"
"왜냐하면, 국어이기 때문이에요"
"...?"

학생들의 과제물을 채점하며 몰래몰래 지켜보다 한마디 던진다.

"선생님이 그런 식으로 설명한 적은 없는데???"

모두가 한바탕 웃고 난 후 수업이 다시 시작된다. 나는 채점을 계속하며 무심한 척 나를 따라 하는 학생들을 지켜봤다. 안 듣는 척하면서도 나의 말과 행동이 아이들에게 영향을 많이 미치고 있다는 생각이 새삼 들었다.

학교에서 보내는 시간보다 가정에서 보내는 시간이 더 많기에, 더 오랜 시간을 가정에서 지내왔고 지내고 있기에 결국 가정환경과 부모를 보고 학생들은 배운다고들 한다. 맞는 말이지만, 학교에서 선생님이 학생들에게 미치는 영향력 또한 적지는 않다. 조금 더 정돈되고 철저하게 교육적으로 계획된 말과 행동으로 학생들을 대해야겠다는 생각이 문득 들었다. 나의 말과 행동을 아이들은 보고 배울 테니까.

나의 말과 행동을
아이들이 보고 배우더라고요.

　물론 가정교육이 가장 큰 비중을 차지하겠지만, 학급의 분위기는 교사에 의해 결정됩니다. 교사가 하는 말과 행동을 아이들이 듣고 익혀 다른 아이들에게 하곤 합니다. 생각보다 아이들은 똑똑하고 눈치가 빠릅니다. 학생들이 근처에 있건 없건 학교에서는 언행을 신중히 할 필요가 있습니다. 카메라와 마이크가 선생님 눈앞에 24시간 있는 것처럼, 정돈된 말과 행동으로 학교에서는 모범을 보인다면 학생들도 긍정적인 영향을 받을 것입니다.

오해 말고 이해

김소희(정왕초등학교)

올해는 1학년을 맡았다. 우리 반 새롬이는 10년이 넘는 내 교직 생활에 낯선 충격을 준 아이다. 우유를 먹으라는 말에, 색칠을 꼼꼼히 하여 완성해보라는 말에 1초 만에 "싫어요!"를 외친다.

'응? 난 너의 선생님인데….'
'우리 이렇게 딱 마주 보고 있는데?'
어린아이지만 속마음을 이리도 시원하게 들으니, 참 당혹스러웠다.

그럴 때마다 난 미주알고주알 잔소리하며 그렇게 해야 하는 이유에 대해, 생각 주머니와 말 주머니의 차이에 대해, 새롬의 다소 버릇없는 말투에 관해 얘기하고 또 얘기했다. 그래도 새롬이는 꾸준히 자신의 마음이 가는 대로 말하고 행동했다.

어느 날 새롬이가 가장 친한 친구와 다투었다. 친구가 많지 않은 새롬이를 잘 받아주고 챙겨주던 짝꿍인데 심술이 났는지 쪼르르 달려와 친구가 자신의 마음을 불편하게 하니 같이 앉고 싶지 않다고 했다.

1학년을 맡으며 어려운 점 중 하나는 갈등이 생겼을 때 아이들이 설명하는 상황이 한 아이의 이야기만으로는 충분하게 잘 전달되지 않는다는 점이다. 나는 하릴없이 짝꿍 친구를 불렀다.

둘이 서로 단단히 마음이 상한 눈치였다. 자리를 바꾸고 싶다는 말까지 들었으니 서로 자존심도 상한 것 같아 쉽게 화해가 되지 않았다. 2교시 쉬는 시간, 3교시 쉬는 시간을 지나 기어이 방과 후 상담을 하기에 이르렀다. 나는 지쳤지만, 아이들의 격한 감정은 가라앉아 좀 차분해진 듯 보였다.

다시 삼자대면의 이야기를 나누기 시작했고 드디어 각자 자신의 잘못한 부분에 대해 인정하고 사과를 하게 되었다. 짝꿍의 사과를 듣던 차례였다. 복잡미묘한 표정으로 친구의 사과를 듣던 새롬이가 불현듯 불쑥 손을 뻗어 올리더니 친구의 볼을 따뜻하게 쓰다듬었다.

어, 짝꿍은 새롬이를 한 번 나를 한 번 번갈아 쳐다보며 쑥스러운 미소를 지었지만, 사르르 마음이 녹았다. 짝꿍을 보던 새롬도 풀어진 공기에 겸연쩍은 웃음을 지어 보였다. 서로를 관찰하느라 두 아이 모두 가운데 있던 나의 표정을 보지 못했지만, 나 역시 그 순간 놀라움과 함께 울컥 눈물이 났다. 진심이 통하는 순간이기도 했고 무엇보다 그것이 새롬이의 순간이었기 때문이었을 것이다. 다행스럽다 느꼈던 것 같다.

그리고 그날 이후 나는 새롬이의 '싫어요'에 크게 동요하지 않는다. 새롬이의 '싫어요'는 분명 다듬어 줄 필요가 있는 말이긴 하지만 솔직한 자신의 마음을 잘 숨기지 못하는, 행동이 앞서는 아이일 뿐 교사인 내가 생각하는 만큼 큰 부정의 의미나 의도가 숨은 것은 아니라는 생각이 들어서이다. 괜한 오해는 하지 말고, 괜히 앞서 판단하지 말고 새롬이만의 매력을 예쁘게 잘 다듬어주고 싶은 것이 요즘 나의 마음이다.

쌓여가는 경력만큼 내 안에 많은 정답(이라 생각하는)들이 생겨났지만, 쉬이 답하려는 관성에 자주 저항해야 낡지 않는다는 것을, 새로운 가능성을 발견할 수 있다는 것을 느낀다.

바쁘게 때론 정신없이 흘러가는 시간 속에서 서로를 왜곡 없이 이해하고 받아들일 수 있기만 해도 조금 더 함께라 행복한 교실을 만들 수 있지 않을까.

사랑에도 적당한 거리가 필요한 것 같아요.

아이들의 말과 행동을 자세히 들여다보세요. 대신 너무 많은 해석과 의미를 달아 상처받지 마세요. 너무 크게 확대된 현미경으로는 사물의 본체가 무엇인지 정확히 알아차리기 어렵지 않을까요?

아이들은 아이들

김율리아(안성초등학교)

현충일과 재량휴업일이 껴서 긴 휴일이 지나고 오랜만에 정신없이 출근한 수요일이었다. 나는 아침에 느끼는 여유로움이 좋아서 항상 8시에는 출근한다. 우리 반 몇몇 아이는 참 부지런해서 8시 20분이면 교실로 오는데, 그날도 어김없이 몇몇 아이들이 일찍 등교했다. 아침 미덕 쓰기 활동과 수학 활동지를 준비한 뒤 오늘 할 수업자료들을 쓱 훑어봤다. 수요일은 수다 날(맛있는 급식이 나오는 날)에다가 일주일 중에 딱 한 번밖에 없는 5교시다. 게다가 5교시에는 교육 연극 수업이 있어서 외부 강사가 오셔서 수업의 부담이 덜하다.

5교시 외부 강사의 연극 수업이 끝나면 바로 하교할 수 있도록 점심시간에 미리 알림장을 쓰고 청소까지 다 끝내고 완벽한 준비를 했다. 그런데 뭔가 느낌이 이상했다. 항상 미리 오시는 연극 선생님께서 오시지 않는 것이었다. 결국, 아이들에게 노래 한 곡을 틀어준 채로 옆 반 부장님께 급하게 가서 여쭤봤더니 이번 주는 연극 수업이 없는 주라고 하셨다.

"하…."

순간 머릿속에서 5교시에 급하게 할 수 있는 다양한 수업의 시뮬레이션이 펼쳐졌다. 수학 연습 문제를 풀 것인가, 배움 공책 정리를 할 것인가 고민이 되었다. 그러던 중 한 아이가 외쳤다.

"선생님, 노래 틀어주세요!"

수업 시작 직전에 아이들에게 영화 〈인어공주〉의 수록곡인 〈Part of Your World〉를 들려주었는데 그래서 음악을 틀어달라고 한 것 같았다. 좋은 아이디어였다. 게다가 나도 그동안 점심시간에 가끔 틀어주려고 아이들로부터 신청받은 노래가 적힌 쪽지가 상자에 한가득 쌓여 있던 게 눈에 아른거리던 참이었다.

"그래, 알겠어. 대신에 노래는 선생님이 정할 거야."

학창 시절부터 팝송과 미국 드라마에 빠져 있던 나는 그동안 학급 경영을 하면서도 아이들과 영어 공부를 할 겸 팝송을 자주 불렀다. 머릿속에 다양한 장르의 팝송들이 떠올랐다. 아이들이 재미있어할 만한 팝송, 그리고 신청 곡 상자에 담긴 신청 곡 등을 참고해 다양한 노래를 감상했다. 노래의 제목을 칠판에 적어두고 영어 제목의 경우 발음과 해석을 함께 알려주었다. 감상이 끝난 뒤에는 마음에 드는 곡 3개를 배움 공책에 적도록 했다.

아이들은 감상한 곡들을 대부분 좋아했는데, 영어 노래만 너무 틀어주면 지루해할 아이들도 있을 것 같아 뽀로로의 주제가인 〈노는 게 제일 좋아〉와 〈바나나 차차〉를 중간에 틀어줬다. 반응은 폭발적이었다. 아이브나 뉴진스처럼 아이들 사이에서 유명한 아이돌 가수의 노래도 따라 부르며 즐거워했지만, 뽀로로 노래는 정말 싸이 콘서트에서나 볼 수 있는 떼창 수준으로 열광적으로 불렀다. 초등학교 5학년이면 사춘기다 뭐라 말이 많지만, 우리 반 모든 아이가 해맑은 표정으로 가사를 처음부터 끝까지 외워서 따라 하는 모습을 보며 '역시 아이들은 아이들이다.'라는 생각을 했다. 게다가 아이들의 배움 공책을 검사하며 아이돌 노래보다도 뽀로로 노래가 더 좋다는 아이들의 말이 미소를 자아내게 했다.

아이들과 오랜 시간 교실에서 함께 생활하다 보면 아이들이 나를 힘들고 지치게 만들 때도 많다. 그러나 '아이들은 아이들이다.'라고 생각하면 마음이 편해진다. '아이들은 말 그대로 아직 어른이 아니니까 유치한 행동을 하고, 예의 없는 행동을 하고, 실수할 수 있는 것이 아닐까?' 성인의 잣대로 아이들의 행동을 판단하려 할 때는 마음속으로 외쳐보자.

"아이들은 아이들이다."

고학년 아이들도 아직 어리고 순수합니다.

초등학교에서 5~6학년은 고학년, 선배 학년이라고 불립니다. 그러나 초등학교 5, 6학년은 나이로 따지면 12세와 13세로 아직 어린아이들입니다. 신체적으로는 사춘기를 겪으며 어른과 비슷해 보일지 몰라도 마음은 아직 순수한 경우가 많습니다. 가끔은 교사가 생각하는 고학년의 모습이 아닌 어린아이처럼 귀엽고 엉뚱한 행동을 할 때도 있습니다. 아이들이 여러분을 힘들게 할 때가 있다면 '아이들은 아이들이다. 아직 아이들은 어리기 때문에 미숙하며, 배워가는 과정이다.'라고 생각해 보세요. 한결 마음이 편안해질 것입니다.

어서 오세요, 좌충우돌 행복 교실입니다

음악으로 하나 되는 즐거움

김정연(서울덕의초등학교)

올해는 담임이 아니라 교과 전담교사를 맡았다. 과목 특성상 영어와 음악 모두 에너지를 단전에서부터 끌어올려야 하는 과목들이라 몸이 아프거나 목이 아플 때는 좀 괴롭다. 특히 환절기나 겨울철에는 더더욱 성대 결절의 위험성이 높아진다.

담임교사들은 국어 활동의 글씨 쓰기 활동을 지도하거나 아이들에게 수학익힘책에 나오는 계산 문제를 풀게 할 때 조금 쉬어가는 타이밍이 있기 마련, 하지만 교과 전담은 그런 한가한 시간이 존재하지 않는다. 목이 아파도, 감기에 걸려도 200% 포텐을 올려 수업을 해야 하는 게 좀 버거울 때도 있다. 하지만 이 모든 어려움을 차치하고서라도 내가 제일 좋아하는 과목을 담당하니 진짜 행복할 때가 많다. 특히 나에게 있어 음악 시간은 수업 자체가 일이 아니라 힐링 시간이다. 노래를 부르고 악기를 연주하며 아이들과 함께 하는 즐거움이 아주 쏠쏠하다. 음악을 가르치면서 나는 아이들이 스스로 음악에 반응하고 자기 자신의 성장에 기뻐하는 모습을 굉장히 많이 발견하는데 이러는 순간은 교사로서 가장 보람되고 기쁜 시간이다.

2학기에는 내가 아닌 다른 선생님께서 6학년 8반의 음악을 가르치신다. 즉 내가 한 학기만 들어가기에 리코더를 최대한 더 많이 알려 주고 싶어서 마음이 아주 급하다. 1년에 걸쳐서 해야 할 일을 불과 한 학기 만에 끝내야 한다. 매시간 속절없이 지나가는 음악 시간이 아쉽기만 하다. 6학년이지만 소리 높여 목청껏 노래를 부르는 아이들의 모습이 참 귀엽다. 리코더도 처음에는 어려워하더니 이제는 그만 좀 불라고 할 때까지 계속 분다. 그 모습이 자기의 똑똑함을 자랑하고 싶어 구구단 외울 수 있다고 목청을 높이는 1학년들 모습 같아서 웃음이 난다.

"선생님! 이젠 제가 이 곡 다 불 수 있어요!" 얼마나 신나고 자랑하고 싶으면 음악실에 들어오자마자 리코더를 입에 물고 그동안 배웠던 곡을 메들리로 연주하는 걸까? 요즘은 한참 〈베토벤 바이러스〉, 오연준의 〈쉼이 필요해〉, 엘가의 〈위풍당당 행진곡〉 연주에 빠져 있다. 어느 정도 속도가 빠르고 리듬이 재미있는 곡들이라 아이들이 좋아하는 것 같다. 오늘은 새로운 곡으로 리코더로 아이들이 좋아하는 대중가요 〈회전목마〉를 배웠는데 붓점이 반복되는 리듬이 까다로움에도 불구하고 이미 잘 알고 있는 곡들이라 흥겹게 연주에 빠져들었다. 이제는 두 번째 옥타브 연주, 파#, 시♭, 솔♭까지 배워서 어지간한 가요나 동요들은 어렵지 않게 잘 연주한다. 3월 초에는 리코더 운지법의 왼손, 오른손도 잘 모르던 아이들이 이제는 고수가 되었다.

오늘의 가장 감동적인 순간은 수업 마지막에 있었다. 시간이 애매하게 3분 정도 남았을 무렵, 한 아이가 조용히 손을 든다. "선생님, 저도 피아노 한번 쳐 봐도 되나요?" 하고 묻는데 평상시 눈에 잘 안 띄는 소극적인 아이여서 좀 의외라고 생각했다. 피아노 학원에 다녀서 연주에 자신이 있나 생각했고, 흔쾌히 허락했다. 그런데 두둥! 우와! 이럴 수가! 그 아이는 그동안 예중 입시를 준비하는 우리 반 음악 신동에게 가려져서 차마 앞으로 나서지 못하던 피아노계의 무림 고수였다.

첫 곡으로 베토벤 바이러스로 포문을 열더니, 아이들의 열화와 같은 박수로 두 번째 곡 샌즈와 세 번째 곡 캐리비안의 해적까지 연달아 세 곡을 마치 신들린 듯 연주했다. 손가락은 너무 빨라 보이지 않고, 음악을 느끼는 바운스로 온몸이 들썩거렸다. 흥겨운 리듬에 맞춰 아이들은 연신 손뼉을 쳤고 음악실은 순식간에 열띤 콘서트장이 되었다. 세상에, 우리 친구에게 저런 숨겨진 재능이 있었다니! 그동안 집에서 혼자 얼마나 열심히 연습한 걸까? 스스로 즐겁고 좋아서 음악에 몰입하는 아이의 모습과 피아노를 치며 흥겨움을 느끼는 친구를 바라보며 함께 즐거워서 환호성을 지르고 손뼉을 치는 아이들, 그리고 이 둘을 흐뭇하게 바라보는 나! 오늘은 정말 교사 하기 잘했다고 생각했다.

음악 전담교사의 리코더 지도 꿀팁 대방출!

    가창에 기악, 감상까지 음악 시간은 진행하기 참 까다로운 시간입니다. 음악 시간에 활용할 수 있는 간단한 팁 몇 가지를 말씀드립니다. 리코더를 지도하실 때 '도레미'부터가 아니라 왼손만을 사용하는 '시라솔'부터 아이들과 연주해보세요. 왼손만 잘되어도 아이들의 연주 실력이 금방 향상됩니다. 유튜브 '리코더쌤'과 '민샘클래스'는 리코더 지도에 보물창고입니다. '비행선의 여행'도 유튜브에서 검색하시면 리코더 지도에 많은 도움이 될 것입니다.

내가 주고 싶은 3가지

김진수(평택새빛초등학교)

내 블로그에는 제자들을 향한 메시지가 담긴 카테고리가 있다. 수업 중에 못다 한 말을 글로 표현하여 언제든 볼 수 있도록 제자들뿐만 아니라 누구라도 볼 수 있도록 '전체공유'를 해놓았다. 코로나 때문에 힘들었던 우리 친구들, 당시 아이들에게 조금이나마 자신의 잠재력을 믿고, 하나씩 실천해나가며 성장할 수 있는 시스템을 만들어주기 위해 다양한 노력을 기울였다. 이날이 바로 그런 날이었다. 함께 성장하는 느낌이 가득한 그날.

지금도 만나는 아이들에게 이 3가지 단어를 만나게 해주고 싶다.

To. 제자에게 보내는 편지

우리 친구들에게는 한 친구가 있어.

어떤 친구냐고? 그것을 신뢰하는 친구에게는 선물을 준단다.

생각 이상의 힘이 생기는 것이야.

선생님도 다양한 경험을 했지만, 솔직히 말하면 그것을 알게 된 것은 얼마 되지 않아.

그것이 뭐냐고? 바로 잠재력이란 친구야!

너는 너의 잠재력을 믿니? 아마도 자신의 잠재력을 믿는 사람은 거의 없을 거야.

주변만 살펴봐도 매일 하루를 알차고 재밌게 사는 사람이 과연 몇 명이나 있을까?

코로나 19로 인해서 힘들게 사는 사람들이 많지만, 이 시간을 자신의 것으로 만들어서 잠재력을 꽃피우는 사람들도 분명히 있어.

환경이 사람을 만드는 것이 아니라는 이야기지.

에픽테토스의 말을 한번 들어보렴.

"환경이 사람을 만드는 게 아니다. 환경은 그가 어떤 사람인지를 드러낼 뿐이다."
                                                    – 에픽테토스

선생님이 늘 강조하는 것이 있지. 바로 루틴이야!

운동선수가 하루아침에 만들어지는 것이 아니지. 꾸준히 반복적인 훈련을 통해서 운동선수로 거듭나지.

어쩌다 이뤄지는 것은 쉽게 무너지지만, 반복적으로 만든 근육은 "력(力)"을 선물해준단다.

그래서 매일 우리들의 정신의 근육을 만들어주는 활동을 아침마다 하는 이유이지.

모닝페이지를 통해 나의 글력, 마음력을 기르고,

아이비 리 6가지 법칙을 통해 우선순위로 살아가는 자기주도력을 기를 수 있지.

욕심내기 보다는 꾸준히 하나씩 하고, 그것이 체득화 되면 하나씩 습관을 기를 수가 있단다.

이러면서 좋아지는 것이 뭐냐. 자신이 계획한 것을 실천함으로써 자신을 신뢰하게 되어, 자신감이 생기고, 이 자신감은 자아를 존중할 수 있는 발판을 마련하여 자존감이 향상되며, 스스로의 가치를 발견하는 자아효능감을 극대화할 수 있게 되지.

그것을 가능케 하는 것은 생각한 것을 실천으로 끌어내는 실천력에 있다고 볼 수 있어.

누구나 생각을 하지만 실천하는 사람은 드물지.

남과 다른 가치 있는 인생을 사는 비결은 바로 그 실천에 있단다. 한 끗 차이가 바로 실천이라고 볼 수 있어.

자기경영의 대가인 공병호 작가의 말씀을 들어볼까?

"아는 것과 실천하는 것은 아주 다르다. 아는 것 그리고 이해하는 것을 행동으로 옮길 수 있느냐, 그리고 제2의 습관처럼 자신의 한 부분으로 자리 잡을 수 있도록 꾸준한 지구력을 갖고 있느냐는 결국 사람들 스스로의 선택 영역에 속한다."　　　　　－ 공병호 『자기경영노트』 중에서 선생님도 아는 것을 실천하면서 삶이 바뀌었음을 고백해.

우리는 모두 알아! 무엇을 해야 할지. 다만 끈기 있게 실천하는 것이 부족하기에 늘 넘어지기 일쑤지.

괜찮아. 다시 일어서면 되니. 툭툭 털고 다시 걸으면 되는 거야.

선생님은 우리 친구들이 자신을 사랑하고, 그 사랑으로 하루하루 성장하는 모습을 볼 때면 기분이 좋단다.

오늘 친구들의 글을 통해 이 기분을 기억하기 위해 이렇게 기록하는 이유이기도 하지.

우리 친구들의 글 속에서 성장하는 소리가 느껴지는구나!

아름다운 성장의 소리를 함께 나누고 싶다. 우리 함께 하나씩 실천을 통해 성장하자!

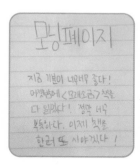

어서 오세요, 좌충우돌 행복 교실입니다

아이비리 6가지 법칙
1. 명언외우기
2. 감사일기 쓰기 (아침 점심 저녁)
3. 생일책 만들기
4. 영어일기쓰기
5. 독서하기
6. 동생한테 24시간 잘해주기

10/14 모닝페이지
또다시 오랜만에 쓰는 모닝페이
지다...ㅎ 맨날 마음만 크게
먹고 이루지 못하는게 많은 것
같다. 솔직히 과제를 올리는건
구들을 보면 내가 너무 부끄럽다.
오늘부터라도 다시 마음을 다잡고
과제를 하려고 노력해야겠다.

아이비 리   15
① 과제출석 하기 → 1
① 밀린 사회노트 올리기 → 2
① 시 하나 이상 쓰고슬래? → 3
① 단소 세기 → 5
① 독서 30분 이상 하기 → 6
① 수학 풀기 → 4
✝오늘 과제 다하기.   20

결국, 잠재력대로 대접하면 됩니다.

"인간은 보이는 대로 대접하면 결국 그보다 못한 사람을 만들지만, 잠재력대로 대접하면 그보다 큰 사람이 된다." 대문호 괴테는 사람을 볼 때 잠재력으로 본다고 합니다. 누군가를 대할 때 잠재력대로 대하면 모든 사람에게 함부로 대하기가 참 어렵다는 생각을 해봅니다. 우리 반에 말썽꾸러기도 잠재력대로 대하니 무거웠던 마음이 한결 가벼워집니다. 어디서 들었던 "한 아이를 문제아로 여기면 문제아로 크지만 특별한 녀석으로 바라보니 특별해지더라."라는 말이 떠오르네요. 잠재력은 가능성이 있다는 말이죠. 그 가능성이 가득한 교실이 어쩌면 나와 함께하는 우리 교실의 모습이지 않을까요? 교사와 학생 모두의 잠재력이 발휘되는 교실을 꿈꿔봅니다.

사랑이 눈에 보이는 순간

노이지(인천한들초등학교)

　새 학년, 새 학기를 시작할 때 늘 인사의 중요성을 강조한다. '안녕'이라는 말 안에는 지난 밤에 잠은 잘 잤는지, 오늘 기분은 어떤지, 어제 나누었던 고민은 이제 해결되었는지, 수많은 마음과 애정이 담겨 있다고 생각하기 때문이다. 아이들은 큰 목소리로 선생님과 친구들에게 인사하는 것을 처음에는 부끄러워하다가도, 3월이 지나고 나면 씩씩한 인사를 자연스럽게 주고받는다. 나 또한 아침 인사와 헤어질 때 인사만큼은 그 누구보다 밝고 씩씩하게 해주고 싶어 언제나 정성스럽게 인사에 임하고 있다. 어느 날, 우리 반의 좋은 점을 주제로 글쓰기 활동한 적이 있다. 그때 '우리 반은 서로 따뜻하게 인사한다.'라는 의견이 참 많았다. 어느새 우리 반의 또 하나의 정체성으로 자리를 잡은 이 인사가 너무나도 소중하게 느껴져, 이 마음을 시로 적었다.

안녕을 묻습니다

노이지

마주하고 있는 어린이에
설렘과 걱정으로 문을 여는 뒷모습에
색종이에 베어 위로받고 싶은 손가락에
뜻대로 되지 않아 움켜쥐며 흘린 방울에
비가 오는 날 물웅덩이에 비친 눈동자에
더 큰 숫자가 좋아 끌어당긴 뒤꿈치에
밤사이 자라나며 뒤척였을 마음에
나에게 자리한 어린이에
안녕을 묻습니다
안녕

이 시는 처음부터 하트 모양으로 완성하겠다고 정해두고 쓴 시가 아니었다. '안녕'이라는 다정한 단어를 건네고 싶은 대상을 생각하며 시를 적고 이를 화면에 펼쳐두니, 마치 운명처럼 하트 모양이 눈에 띄었다. 안녕하고 인사를 나누는 순간, 사랑이 우리 눈에 보인다는 것을 이 글자들도 알고 있던 것일까? 그렇다, 사랑은 눈에 보인다. 마중을 나가고 배웅을 하는 선생님의 눈에도, 교실에서 우리를 발견한 어린이의 눈에도.

안녕을 묻는 마음을 담아 인사해주세요.

어떤 말이라도 마음이 담긴 말에는 진심이 듬뿍 묻어나게 됩니다. 사람 인 人, 일 사 事를 사용하여, 직역하면 '사람의 할 일'이 되는 인사는, 어쩌면 사람과 사람 사이에 마음을 전달하는 가장 기본적이고 간편한 방법일지도 모릅니다. 좋은 꿈을 꾸며 잘 잤는지, 밤사이 자라나며 아프지는 않았는지, 오늘 하루를 시작하는 마음은 어떤지, 어린이에게 여러 '안녕'을 묻는 마음을 담아 인사해주세요. 마음으로 가득 채워진 인사를 받은 어린이 또한 진심 어린 마음을 담아 인사하고 싶어질 것입니다.

어서 오세요, 좌충우돌 행복 교실입니다

천국 같은 교실에서 만나는 지옥

라온제나쌤

1.

2012년 9월 1일, 마흔둘에 교사로 학생 앞에 섰다. 보통 이제 막 교대 졸업한 학생들보다 스무 살이 더 많았다. 초임 교사의 풋풋함을 기대했다면 나는 너무나 늙은(?) 중년 교사였다. 경력 18년 차와 맞먹는 초임 교사라니! 마흔둘이라는 숫자만 보면 학교를 움직이는 노련한 교사의 모습을 상상하겠지만, 늙은 초임 교사는 업무를 위한 기안을 어떻게 하는지도 몰랐고, 전자행정사이트 주소도 알지 못했다. 마흔둘에, 교직 업무 하나하나를 한참 어린 사람들에게 배우는 나나 그런 나를 바라보는 다른 동료들이나 분명히 어색하고 불편했을 게다.

젊었을 때의 나는 아무것도 하고 싶은 것이 없고 사회 변혁이나 종교와 같은 이상적인 세계, 철학과 사상에 끌렸고 구체적인 감각과 욕구의 주인이 되지 못했다. 심각한 주제들을 쫓아다녀도 내 속은 공기 인형처럼 공허했다. 구체적인 뼈와 근육, 힘줄을 가지고 심장이 뛰는 삶을 살지 못했다. 동양사상이나 종교 등의 관조하거나 초월하는 삶을 살거나 구체적으로 사회를 변화시키려는 운동하는 삶을 살았다. 양단의 방향으로 달음질했던 셈인데 결과적으로 내 삶을 뉘이고 뿌리를 내릴 제대로 된 공간을 찾지 못했다. 생계를 위한 진로 탐색도 하지 않았다.

그래도, 내가 생의 의욕을 느낄 때는 나보다 어린 존재들을 대할 때였다. 당시 나는 과외로 생계를 이어갔다. 때로는 월급쟁이 한 달 월급에 가까운 벌이도 받았었으나 대학 3학년 때 독립을 하면서 월세와 생활비를 벌기 위해 앞뒤 재지 않고 과외 강사로 나서야 했다. 때로는 교통비만 받고 가르쳤던 과외도 있고 이래저래 월급을 떼어먹히던 학원도 있었다. 신기한 것은, 그래도 죄 없는 아이들 앞에선 차라리 호구가 되어 꺼진 불에 산소가 투입된 듯이 열정과 책임을 다하는 것이다. 나도 모르게 손과 발이 빠르게 움직이게 되고 하나라도 더 알려 주고 싶었다. 아이들과 나, 이 둘을 연결하는 교육에서 뼛속까지 공허했던 나에게 '의미'와 '생의 욕구'가 솟아나는 것 같았다.

그러나 시간이 지나갈수록 사교육 영역에서는 학생과 내가 '성적 향상'이나 '입시'라는 제한된 범위에서만 만날 뿐이라는 한계 또한 분명했다. 교사와 학생의 순수한 '만남'을 하기 어렵다고 판단 내리고 내가 하고 싶은 '교육'은 공교육 안에서만 가능하다고 생각하면서 또 중등보다 초등이 좀 더 교육적인 만남을 할 수 있다고 정리하고 나는 수능을 보고 교육대학을 다시 다녔다. 물론, 지금 돌아보면 내가 가진 '진로 탐색'이 지나치게 제한되어 있었다는 점에서, 나에게 '교직'이 최선의 직업인지는 잘 모르겠다. 그러나, 분명히 내 안에 '교육'에 대한 욕구가 크게 자리하고 있었고 아이들을 가르치며 함께 성장하는 기쁨은 충분히 크기에 후회는 없다.

그러나, 교직에 들어선 지 12년째임에도, 단 1년도 떨지 않고 시작한 적이 없다. 학생들 앞에 서서, 충분히 자신 있다고 느껴진 적이 한 번도 없다. 가르치는 교과는 크게 변하지 않아도 학생들은 매년 새롭고, 근무 환경도 정기적으로 바뀌기 때문일까. 특히, 퇴직까지 8년 남은 나에게 1년, 1년은 절대 허투루 보낼 수 없다. 특히, 최근의 3년은 코로나 시기의 담임 1년, 교과 전담 1년, 파견 1년의 시기를 거치며 학생들과 충분히 만나지 못한 아쉬움이 컸다. 올해 1학년을 처음 맡아 더 긴장되었다. 마치 여덟 발의 화살만 남기고 과녁 앞에 선 양궁 선수가 화살 한 발 한 발에 눈과 온몸의 감각을 집중하는 것처럼 나도 그랬다. 교사인 나도 만족하고 학생과 학부모도 만족할 수 있는 천국 같은 교실을 꿈꾼다.

2.
나는 아이들과 함께하며 함께 주고받는 관계 속에서 아이들도 나도 성장하리라는 믿음이 있다. 가정에서 보살핌을 덜 받는 아이들이 분명히 존재한다. 넉넉한 환경이어도 위안받을 곳 없는 아이들도 있다. 공교육 교사로서 나는 적어도 교실 현장에서만큼은 그런 아이들과 서로 눈빛을 마주하며 대화하며 아이들 옆에 있겠다고 결심했다.

작은 학교에서 시작한 나의 교직 첫 담임은 5학년이었고 학생은 아홉 명이었다. 나중에 알았지만, 모든 선생님이 가장 맡기 싫어하던 학년이었다. 교사에게도 욕하고 막말하는 아이, 집안 문제로 가끔 사라지는 아이가 있었다. 그리고 개학 첫날 아침, 한 학생이 전학을 왔다. 자폐 스펙트럼 학생이었고 그 학생을 교실 앞 복도에서 만나며 나는 온몸이 떨렸다. 그 떨림은 굳이 설명하자면, 자기 새끼들을 반드시 잘 키우겠다는 어미로서의 결심이었다. '나는 반드시 우리 반을 잘 세우겠다.'라는 다짐이 화살처럼 가슴에 와 박혔다.

자폐 스펙트럼 아이와 마주 보며 밥을 먹던 한 녀석이 '더러워서 못 먹겠다.'며 밥을 먹다 말고 그 학생에게 대놓고 모멸감을 주었다. 그 학교는 시 경계의 작은 학교라 장애 학생들이 많이 입학하는 편이어서 지역 학부모님들은 기존의 학생들이 큰 손해를 보고 있다고 생각하였다. 나는 때마다 가장 약한 그 친구가 보호받을 때 우리 전체가 보호받을 수 있고 그 친구가 즐겁고 행복하게 지낼 때 우리 전체가 역시 즐겁고 행복하게 지낼 수 있다고 학생과 학부모님께 이야기했다. 아이들의 생각은 처음엔 쉽게 바뀌지 않았고 도리어 왜 차별하느냐는 반격만 받았다. 말보다는 실제로 함께하는 경험들이 필요하다고 여겨졌다.

나는 교육과정 문서 외에도 '함께 하는' 일정을 계획했다. 교실 수업 활동 못지않게 교실 밖에서 만나는 일정들을 많이 잡았다. 아홉 명 아이들과 방과 후와 주말을 이용해 별과 달 관측하기, 건지산과 오송제 나들이, 지역 축제, 영화 관람 등을 함께 했다. 교실 밖에서의 만남은 즐거웠고 서로서로 다른 시선으로 보게 하는 데에 도움이 되었다. 특히, 시험이 끝난 날, 함께 간 노래연습장에서 아이들은 그 자폐 스펙트럼 친구가 당시 유행하는 노래의 랩을 완벽하게 부르는 모습을 보며 깜짝 놀랐다. 자신들보다 뛰어난 점이 있을 거라고 생각을 못 했었을까? 랩을 잘 부르는 그아이의 모습에 진심으로 놀라고 또 진심으로 기뻐하며 응원했다. 그날을 기점으로 장애인이 아니라 그냥 친구로 받아들인 듯했다.

우리 반은 3월부터 구피를 키우고 6월에는 고슴도치까지 키우기 시작했다. 동물을 키우며 관찰력도 키우고 또 약한 존재를 돌보는 일을 돌아가며 하면서 아이들은 좀 더 너그러워지고 서로 조금씩 더 참고 더 도와가기 시작했다. 학기 초부터 문제가 생기면 바로 둥글게 앉아 이 문제에 대한 서로의 의견을 나누며 문제를 해결해갔다. 서로의 이야기를 때로는 들으며 처음엔 격분과 흥분의 고성이 오갈 때도 있었으나 다행히 우리는 함께하면서 점차 나아져 제법 의젓하게 의견을 내놓고 결정된 사항들에 대해서 잘 따라주며 점차 공동체의 틀이 갖춰져 갔다. 주변에서도 위태위태했던 우리 반의 변화와 아이들 행동 변화 등에 대해 알아봐 주시며 놀라워하셨다. 무엇보다 아이들 스스로 우리 반에 대한 자긍심을 갖게 되고 한 팀이라는 생각으로 늘 함께하고 싶어 했다. 함께 배우며 틀린 문제를 친구들이 설명해주고 돌아가며 역사 퀴즈를 내기도 했다. 축구와 물총 놀이도 함께 했고, 자전거로 동네 한 바퀴도 함께했다. 아이들은 교실에서 안정적으로 되었고 평화로웠다. 처음과 비교하면 분명히 천국의 교실이었다.

그러나, 천국의 교실을 만드는 데 드는 비용은 따로 누가 주지 않았다. 차가 없어 택시를 이용할 때에도, 시내에서 활동하며 저녁 식사비나 간식비는 어른인 내가 내는 것이 당연했다. 값어치를 따진다는 건 생각할 수 없었고 계산기는 두드리지 않았다. 고슴도치가 아플 때가 있었는데 수의대가 있는 대학교 동물병원 응급실에서 치료하였다. 아이들과 함께 고슴도치를 내놓으며 치료해달라고 맡겼을 때 아직 어린 수의사들의 살짝 당황해하던 모습과 약을 받고 치료비를 계산할 때 애써 표정 관리하던 내 모습도 기억한다.

초임으로서 교직 환경도 녹록하진 않았다. 담임교사가 감당해야 할 수업과 생활지도 등의 책임은 하루하루 피 말리는 느낌으로 다가왔다. 학교와 학급만 생각해도 24시간으로는 부족했다. 나는 교과 전담 과목이었던 도덕과 미술을 제외한 교과들의 수업을 준비해야 했는데, 퇴근 시간 4시 30분은 계속 뒤로 밀렸다. 게다가, 한 반에 70명 넘게 수업받던 국민학교를 나온 나는 초등학교의 경험을 새로 하는 셈이었다. 교대에서 배운 내용과 직접 아이들에게 가르쳐야 하는 내용은 같지만 달랐다. 리코더 불기, 전구 회로 만들기 등 모든 것을 밤늦게까지 교실에서 미리 연습해야 했고, 주말에도 학교에 나오기 일쑤였다. 거의 모든 초임 교사들이 그렇겠지만, 학교가 내 생활의 전부였다. 오롯이 혼자 책임져야 하는 담임으로선 이 수업에서도 문제가 생기지 않고 하루하루 넘어가는 것이 지상 최대의 목표였다.

돌아보면, 학생들이 함께하며 성장하는 천국 같은 교실 뒤에서 나는 홀로 지옥 같은 불맛을 견디고 있었다. 그날의 수업을 해내고 또 내일의 수업을 준비하기 위해 늦은 밤까지 하루하루 버티며 고군분투했다. 교직은 8시간 노동으로 잴 수 없는 예술과 비슷한 성격의 노동인 것 같다. 예술가는 지난한 수고 끝에 자신의 작품이라도 남기지만, 교사는 그저 무사히 지나간 하루로, 즐거웠던 수업으로, 그저 조금 더 만족했다는 주관적 평가만 남기며 수고의 결과물들은 외형적으로는 사라진다. 나와 학생이 함께 했던 수업은 비관적으로 보면 신기루 같고, 곧 사라질 거품 같다. 또 긍정적으로 생각하면, 마치 음식이 영양분의 형태로 혈관을 돌며 뼈와 살이 되는 것처럼 학생들의 경험에 녹아져서 지혜로 전환되고 있을 것이다. 교실 안에 학생과 교사밖에 모를 수업을 위해, 하루살이처럼, 시지프스처럼, 매일 수업 준비를 한다.

초임이라 요령이 더욱 없어서 그랬다면, 그 후에는 좀 나아졌을까? 아니, 몇 년 뒤 다른 학교에서 근무할 때에도 똑같은 패턴이었다. 8시, 9시를 넘겨 퇴근할 때가 여전히 많고, 아파트 주차장에 차를 간신히 주차해 놓고 그대로 잠이 들어 새벽 4시에 오들오들 떨며 일어나 집에 들어간 적도 여러 번 있었다. 경력 12년 차인 현재에도 담임으로서 혼자 오롯이 떠맡는 책임의 분량이 여전히 무겁고 버겁다. 그리고 퇴근 시간 4시 30분은 아무도 쳐다보지 않는 먼지 쌓인 오래된 액자처럼 나와 상관없이 어디엔가 처박혀 있을 뿐이다.

3.

최근 서이초 한 어린 교사의 죽음 이후, 교실 안의 모든 상황을 개인 혼자 짊어지고 책임져야 하는 이 초등 공교육 시스템이 교사의 '열정'에 기반해 작동하는 것 같다는 생각이 든다. 8시간 노동에 근거하여 월급과 복지 제도가 만들어지지만, 실제 교사가 학생을 만나는 교실에서는 최선을 다해도 부족한 상황들이 많으며 교사의 수업 준비나 학교 업무는 8시간으로 딱 잘라 일할 수 없는 구조이다. 학생 개인의 문제는 모세혈관처럼 가정과 사회와 연결되어 있으며 교사는 열두 개의 교과 수업 준비를 홀로 해야 한다.

나는 매년 긴장된다. 아이들을 즐겁게 만나고 싶고 먼저 태어나 인생을 먼저 경험한 선배로서 징검다리를 놓아주고 싶고, 교사로서 만족할 수 있을 만큼 행복하게 교육하고 싶다. 보람과 만족이 분명히 있고 그래서 천국 같은 교실을 꿈꾸며 또 고군분투하게 되지만, 교실에서의 삶 외에 많은 것들이 희미해져 있다. 2년 전에 시작한 매주 목요일에 하던 글쓰기 모임은 교과 전담과 파견 기간에만 제대로 활동했을 뿐이다. 지금 담임을 맡은 이후로 1학기 내내 글을 한 편도 쓴 적이 없으며 참여도 제대로 하지 못했다. 서울 쪽에 계신 부모님도 5월 말 이후 찾아뵙지 못했다. 내 집안 꼴은 카메라만 들어오면 지금 바로 뉴스로 내보내도 될 것 같다. 교실의 삶은 괜찮은데 내 개인의 삶이 그렇지 않다면, 이 삶은 괜찮은 걸까?

생애주기가 어떤 지점에 있던지 교사도 행복한 아니, 행복은 너무 완벽주의적이고 폭력적이다. 교사가 행복하진 않아도 지속 가능한 삶을 살 수 있으려면 어떻게 해야 할까? '교육'이라는 영역 자체가 이상적이어서 수치로 측량 가능하지 않다. 또, 무엇이든지 그렇겠지만 시간을 들이고 정성을 들이면 들일수록, 효과나 영향이 커지는 것은 사실이지만, 나의 교직 생활을 돌아보면, 책임감으로 달려온 지금 교실의 삶을 빼면, 내 개인적인 삶, 건강, 인간관계 등에서 크게 결핍되어 있다. 더 큰 딜레마는 8시간 근무로 끝내기엔 아쉬움이 너무 크고, 아쉬움 없이 학생들의 성장을 생각하면 할수록 열정 블랙홀로 빨려 들어가버려 결국 교실의 삶만 남는 것이다.

그러나 이번 서이초 교사 죽음 이후로 확실하게 정리할 수 있는 것은 교사의 영혼을 쏟아붓고 갈아서 만들어진 결과들로 학부모 만족도, 학생 만족도가 높다 한들, 교사의 수고와 헌신에 의존하는, 한마디로 교사를 착취(?)하는 천국 같은 교실은 절대 괜찮지 않다는 점이다. 8시간 노동 그 너머로, 교사의 눈물과 땀이 쥐어짜야 학생들이 즐겁게 배울 수 있는 구조라면 이제 바뀌어야 한다. 많은 교사가 4시 30분 칼퇴근을 권한다. 수업 준비가 덜 되었어도 일단 손 놓고 일어나라고 한다. 가끔은 책임감 없게 들리는 이 말이 서이초 사건 이후 생각하면 할수록 적절하게 들린다. 교육시스템이 바뀌지 않은 상태에서 교사가 교실과 자신의 삶을 살아낼 수 있는 더 현실적인 방법을 찾아낼 수 없다.

교사가 감당하는 수고와 책임은 정말 무한하다. 만일 교사가 교육대학에서 배운 교육의 이상에 압도되어 있거나 완벽주의 기질이 있다면, 아마 〈모던타임즈〉의 찰리 채플린처럼 콘베이어벨트를 쉼 없이 돌리게 될 것이다. 애처롭다! 서이초 교사의 죽음으로 교사가 감당하고 있는 여러 근무 여건을 돌아보며 교사들의 이야기들이 세상 밖으로 나오고 있다. 학부모 악성 민원 외에도 교사가 '신'이 되어야 생존 가능하다는 많은 요구와 업무들에 대해서도 귀를 기울이면 좋겠다. 나도 천국 같은 교실을 만들기 위해 최선을 다하려던 노력을 내려놓으려 한다. 내 개인의 삶과 균형을 맞추며 개인적인 삶을 돌보고자 한다. 나의 삶이 지속 가능해야 우리 교실도 지속할 수 있을 테니까 말이다.

최선을 다하는 삶보다
지속 가능한 삶이 더 중요합니다!

선생님!

우리는 최선을 다하는 삶을 성실하고 좋은 삶으로 배워왔습니다. 분명히 그런 면도 있을 겁니다. 그러나 최선을 다한다는 것이 내 개인적인 삶에 여유를 앗아가게 한다면, 스스로를 착취하고 있는 것은 아닌지 짚어봐야 합니다.

하다못해 블렌더나 헤어드라이어기를 사용할 때도, 최대치의 기능을 무제한으로 작동시키지 않고 시간제한을 합니다. 블렌더의 경우, 최고 단계로 한 번에 30초 이상 작동하지 말라는 지침이 매뉴얼에 있습니다. 선생님께선 혹시 수업과 학급의 최대치 행복을 위해 많은 것을 포기하고 계시는가요? 학교가 여러분 삶의 전부가 되어버렸나요?

만일 그렇다면, 선생님!

교실에서 한 발짝 물러서세요. 선생님의 최대치를 작동하지 마시고 조금 성기게 그리고 여유롭게 최대치의 70%만 발휘하며 살아보세요. 선생님 개인의 지속 가능한 삶이 더 중요합니다.

너는 존재만으로 빛나

8년 만에 다시 맡은 6학년. 오랜만에 맡은 6학년이라 설렘과 긴장이 가득했다. 새 학기가 시작되기 전인 2월에 아이들에게 미리 교과서를 배부하게 되었다. 우리 만남이 달콤한 만남이 되었으면 좋겠다는 쪽지를 담은 간식 꾸러미와 담임 소개서를 준비했다. 그리고 교과서를 나눠주며 첫인사를 나누었다. 한 아이가 쭈뼛쭈뼛 교실을 들어섰다. 그러더니 내 얼굴을 마주하고는 환한 미소를 지었다.

"어머, 정운이구나."
"와~ 안녕하세요. 선생님."
"정운아 다시 만나서 너무 반갑다. 우리 1년간 잘해보자."
"네!"

아이의 들뜬 목소리와 환한 미소에 덩달아 기분이 좋아졌다. 얼굴이

244   어서 오세요, 좌충우돌 행복 교실입니다

익숙한 아이들도 있었고 새롭게 만난 아이들도 있었다. 아이들이 4학년일 때, 담임으로서 만났었기 때문이다. 당시에는 코로나로 인해 등교 일이 적었던 터라 아쉬움이 많았다. 그래서 올해만큼은 아쉬움이 없는 1년을 함께 만들어가고 싶었다. 그러던 중 다가온 학부모 상담주간. 28명의 학부모와의 상담 일정을 일지에 빼곡하게 적었다. 초등학교의 마지막 1년이기에 아이들에게도 부모들에게도 올해가 의미 있는 시간일 것이라 생각이 들어 1년을 잘 보내고 싶다며 그 마음을 전했다. 그리고 몇몇 학부모와의 상담 중 너무나 힘이 되는 소리를 들었다.

"선생님, 선생님께서 저희 아이 담임 선생님이 되셨다고 전해 듣고는 저희 둘이 꺅하고 소리를 질렀답니다. 저희 아이가 선생님을 너무 좋아해요."

"선생님, 안녕하셨어요? 저희 아이 담임 선생님이 다시 되셨다고 해서 너무 기뻤어요. 연수는 남자 선생님을 좋아하던 터라 잘 모르겠지만요. 그래도 선생님 잘 부탁드릴게요."

"선생님, 선생님께서 주신 담임 소개서를 읽으며 너무 익숙해서 보니 선생님이셨어요. 우리 아이가 너무 좋아해요."

학부모 상담을 하면서 이렇게 힘을 받을 경험이 또 있을 수 있을까. 이미 1년을 시작하기도 전에 천군만마를 얻은 것처럼 기운이 솟았다. 그래서 내가 얻은 기운을 다시 아이들에게 보내주어야겠다는 생각이 들었다. 13년간 쌓아온 나의 모든 노하우와 온 마음을 다해 학급 운영을 해나가

기로 했다. 내가 할 수 있는 것이 그것뿐이기 때문이다. 가장 먼저 한 일
은 학급의 별명 짓기였다. 아이들과 함께 우리가 중요시하는 학급 가치
를 정한 뒤, 학급 가치를 담은 학급 별명을 짓기로 했다. 별명은 참 다양
하게도 나왔다. '거꾸로 반', '무지개 반' 등. 그러던 중 똑 부러지는 인상
의 건후의 의견이 가장 득표를 많이 받아 '노틸러스호'라는 별명을 갖게
되었다.

"노틸러스는 해저 2만 리에 나오는 잠수함의 이름인데 우리가 함께 1
년간 항해를 해나간다는 의미가 있습니다."

그날부터 우리 반은 노틸러스 반이 되었다. 그리고 학급의 모든 상징물
은 노틸러스가 담겨 있다. 아이들과 함께 노틸러스 학급 조직도를 만들
고, 매주 학급 서클—주제에 관해 학급 공동체가 함께 이야기를 나누거나
관계 놀이를 하는 시간—과 학급 회의를 하며 서로의 성장과 관계를 살피
는 시간을 가졌다. 담임으로서 내가 할 수 있는 역할은 아이들에게 '자신
의 이야기를 할 기회와 시간'을 주는 것이었다. 처음엔 수동적으로 정해
주길 바라던 아이들은 어느새 자율적으로 의견을 내기 시작했고, 그것은
바로 학급회의에서 의견으로 제시되어 학급 운영에 반영이 되었다. 제시
된 의견들은 '회의 시간에도 규칙을 만들자.', '점심시간에 듣고 싶은 음악
을 듣자.', '(사회 교과와 연계한 분단체험 중) 분단국가 간의 갈등이 많으
니 규칙을 정하자.', '세월호 계기 교육 자료를 어떻게 게시할까?' 등이었
다. 아이들은 학급을 자신들의 손으로 만들어가는 과정을 겪으면서 더불

어 성장해 나갔다. 온 책 읽기로 『긴긴밤』을 함께 읽으며 눈물짓고, 매월 친구들에게 편지를 써서 생일 책을 만들고, 졸업사진을 함께 찍고, 사회 교과의 자유와 경쟁을 배우면서 채용박람회를 열고, 실과교과와 연계한 환경 프로젝트로 학교 주변의 숲을 탐방하며 생태지도를 만들고, 영남사 물놀이를 연습해서 맛깔나게 쳐서 학부모들에 공유하고, 가상 교실 분단 체험, 학급 학예회 등을 함께 하며 1년을 아이들의 손으로 엮어갔다.

그러던 중 갑작스럽게 병원에서 좋지 않은 소식을 들었다. 계속 몸이 피곤했는데 인식하지 못했다. 결국, 수술 날짜를 잡아야 했다. 몸을 먼저 생각해야 하는데 담임으로서의 시간을 지키지 못하는 것에 미안한 마음 이 솟아올랐다. 그래서 미루고 미뤄 방학 중 수술 날짜를 잡았다. '아이 들에게 어떻게 이야기할까. 많이 속상해할 텐데.' 네 몸이 우선이라는 주 변의 이야기가 잘 들리지 않았다. 결국, 수술을 받고 두 달간 병가를 들 어가게 되었다. 나오지 않는 목소리. 확연하게 떨어져 버린 체력. 가리고 싶은 수술 자국. 누굴 탓할 수도 없었다. 다행인 것은 수술이 잘 되었다 는 것과 추가적인 항암치료를 하지 않고 약을 먹으면 된다는 것이었다. 참 웃기게도 학교에 돌아가는 것이 너무나 기뻤다. 집에는 돌이 막 지난 아기도 있었는데 말이다.

돌아간 학교에는 두 달간 있었던 일의 여파로 인해 학교폭력이 발생했 다. 한 친구가 학교생활을 힘들어했다. 수차례의 사실 확인의 자리와 사 과의 자리. 양측 부모님들과의 통화로 한 달여의 시간이 지났다. 상대측

이 여러 번 사과의 의사를 밝혔으나 결국 아이는 남은 학기를 체험학습과 결석으로 처리하겠다고 이야기하고 학교를 나오지 않았다. 남은 아이들은-이 일과는 전혀 상관이 없는 아이들도 있었음에도-자신들이 학급 분위기에 생채기를 낸 듯 양 더 잘하려고 노력했다. '우리 담임 선생님이 또 아프면 안 된다.', '우리가 남은 시간을 잘 만들어가자.' 그런 생각들이 있었던 것 같다. 그래서 아이들에게 더욱 미안하고 고마웠다.

6학년 아이들과 1년의 세월을 보내면서 나는 롤러코스터와 같이 내 교직 생활의 고점과 저점을 정확하게 찍었다. 그래도 아이들과의 1년을 잘 마무리하고 싶어서 마지막 졸업식까지 아이들과의 추억을 잘 매듭짓고자 했다. 졸업을 기념하는 영상을 만들었고, 그동안 키워주신 부모님들을 위한 영상편지를 만들었다. 1년 동안 내가 매주 써서 학급에 공유했던 학급 이야기와 아이들 자신들의 삶을 담은 글들을 모아 문집을 만들었다. 인쇄를 맡길 예산이 없어서 밤늦도록 교무실 컬러 인쇄기 앞에 서 있었다. "됐다." 며칠을 걸쳐 총 50장 분량의 문집 원고 30개가 준비되었다. 대학가 앞의 제본사에 가서 아이들을 위한 문집 제본을 맡겼다.

졸업식 날. 아이들의 멋진 공연과 상장 수여, 교장 선생님 말씀 등으로 졸업식을 치렀다. 졸업식을 마치고 아이들과 함께 교실로 돌아왔다. 아이들에게 우리들의 1년을 담은 깜짝 영상을 보여주었고 부모님들을 위해 우리가 함께 만든 영상을 상영했다. 울지 않으려 했는데 계속 울컥했다. 아이들은 부모님들께 제각기 준비한 상장을 전해드렸다. 그동안 키워주셔서 감사하단 이야기를 담은 상장이었다. 모든 순서를 마치고 아이들과 드디어 작별 인사를 했다. 생각지도 못했는데 아이들이 건넨 꽃다발들이 넘쳐서 도저히 혼자 들 수 없는 상태였다. 부모님들도 줄을 서시더니 아이들과 함께 사진을 찍자고 내게 이야기하면서 눈물을 훔쳤다. 기쁜 마음과 아쉬운 마음이 한꺼번에 몰아쳤다. 참 행복했고 참 고마웠고 참 미안했다. 롤러코스터 같은 한 해를 보내며 아이들에게 마지막으로 꼭 전하고 싶은 말들을 문집에 담았다.

길 떠나는 너에게
더 큰 세상으로 나아가는
노틸러스 친구들에게
너희들의 한 걸음, 한 걸음은 늘 의미 있었고,
너희들은 존재만으로도 빛나는 아이들이니,
주저하지 말고 힘차게 걸어 나아가길….
꼭 애써 기억하지 않아도 돼.
이미 우리가 함께한 추억이
우리 몸 구석구석에 자리 잡아.
네가 살아가는데
조용히 응원하고 있을 거야.

여러분과의 행복했던 추억을
가슴에 담으며, 박혜진 선생님이.

참 많이 지치기도 했고, 참 많이 행복하기도 했다. 내가 그동안 겪어왔던 교직 생활처럼 말이다. 아이들에게 전하고 싶었던 이야기는 어쩌면 내가 나에게 해주고 싶었던 이야기였는지 모르겠다. 아이들과 만남에서 그리고 내 삶에서 늘 고군분투했던 나에게 해주고 싶던 이야기 말이다. "너무 애쓰지 않아도 돼. 너의 한 걸음은 늘 의미 있었고, 너는 존재만으로도 빛나는 교사란다. 네가 살아오며 겪은 너의 노력은 늘 너를 응원하고 있단다."

아이들을 바라보는 눈으로
교사인 나도 바라봐 주세요.

대한민국의 선생님들은 정말 특별한 존재입니다. 어려운 임용고시를 통과해서가 아니라, 아이들을 가르치는 직업이라서가 아니라, 자신을 옥죄고 힘들게 하는 아이가 있더라도 끝까지 그 아이를 위해 걱정하고 사랑하는 존재이기 때문입니다. 아이들로부터 상처를 받지만, 또 아이들로부터 희망과 사랑을 발견합니다. 아이들을 그렇게 끝없이 이해하고 사랑하는 마음으로 교사인 나도 바라봐 주세요. 그리고 애썼다. 잘하고 있다. 응원해 주세요. 선생님도 존재만으로도 빛나는 사람이랍니다.

* 학생이름은 가명을 사용함

선생님이 작가가 된다면

유영미(안산석수초등학교)

"선생님, 사인해주세요."

점심시간에 작년 제자들이 교실로 찾아왔다. 나의 책이 출간되었다는 소식을 어디서 들었는지 다들 손에 책 한 권씩을 들고 있다. 잔뜩 밀려온 5학년 언니, 오빠들의 모습이 신기했는지 1학년 아이들은 눈을 크게 뜨고 이 상황을 구경한다.

저자 사인회(?)를 마치고 5교시를 시작하려는데 나를 바라보는 아이들의 눈빛이 점심시간 전과는 전혀 달랐다.

"선생님, 진짜 작가예요?"

"응. 여기 봐봐."

책날개를 펼쳐 나의 사진을 보여줬다.

"우와. 우리 선생님 진짜 작가다!"

신기해하는 아이들을 보는데 이런 경험이 처음인 나도 이 상황이 그저 신기했다.

"저 선생님 책 살래요!"

"안 돼, 사지 마!"

"왜요?"

"이건 주로 어른들이 보는 책이니까 너희들은 굳이 살 필요가 없단다."

"그래도 살래요."

"왜?"

"선생님 사진 보려고요."

"학교에서 매일 선생님 보는데 뭐 하러 책에 있는 사진을 보니?"

"토요일에 선생님 보고 싶을 때 볼 거예요."

다음 날 아침 한 학생이 씩씩거리며 교실로 들어왔다.

"선생님, 저 진짜 화나요!"

"왜? 무슨 일 있었어?"

"아니, 내가 우리 선생님 작가라고 했는데, 다른 반 친구가 안 믿어요."

"그럴 수도 있지."

"자꾸 저한테 뻥 치지 말라고 해요."

분을 이기지 못하고 눈물이 그렁그렁한 아이를 보니 피식 웃음이 났다. 가까이 불러서 휴지로 아이의 눈물을 닦아주는데 갑자기 눈물이 났다. 눈동자에 가득 담겨 있는 그 진심 앞에 할 말을 잃었다.

"선생님이 작가인데, 친구가 안 믿어줘서 속상했구나?"

"네. 진짜라고 백 번도, 아니 조 번도 더 말했는데 안 믿어요."

"그랬구나. 그래도 선생님이 작가인 사실은 변함이 없으니까 괜찮아."
"아니에요. 선생님이 가르쳐줘요. 맞다고요! 작가 맞다고요!"

울부짖는 아이의 모습을 보니 말해 줄 수밖에 없는 상황이었다. 내키지는 않았지만 다른 반 친구를 살짝 불러서 내 책을 보여주며 말해주었다.
"친구야, 이것 봐, 선생님 작가 맞지?"
"네."
"앞으로는 거짓말이라고 하지 말아주었으면 좋겠어."
"네. 그런데 선생님!"
아이의 눈빛이 변했다. 미묘한 불안감이 엄습했다. 뒤에 이어질 말이 두려웠다. 듣고 싶지 않았지만, 최대한 친절하게 응대했다.
"응. 말해 봐."
"작가 된 거 축하해요."
아, 다른 반 아이의 갑작스러운 축하에 할 말을 잃었다. 이런 식으로 축하를 받을 거라고는 생각지도 못했다.

온 세상에 내가 작가가 되었다고 홍보해 주는 학생, 아니라고 하는 반대 세력(?)들과 싸워주는 학생, 순순히 축하 인사를 건네주는 학생.

작가가 되면 만날 수 있는 또 다른 모습의 학생들이다.
작가가 된 나는 그 아이들에게 무엇을 줄 수 있을까?

고민하게 되는 밤이다.

선생님만의 색깔을 아이들에게 보여주세요.

"이거 선생님이 직접 만든 거야.", "이것은 선생님이 유명한 사람을 만났을 때 사진이야." 이런 사소한 한마디들이 아이들의 자랑이 됩니다. '우리 선생님은 이런 선생님이야.' 하며 자랑하는 아이들을 보면 아이들에게 자랑스러운 사람이 되어야겠다는 다짐을 하게 됩니다. 대단한 경험이 아니라도 좋습니다. 아이들이 색다르게 받아들일 만한 재미있는 경험이면 됩니다. 선생님만의 색깔이 아이들의 자부심(?)이 됩니다.

거리를 메운 슬픔

유현미(서울영문초등학교)

종각 집회 시작 시각을 겨우 맞출 것 같다. 보통의 집회는 주체가 있어 조직적으로 계획되고 행동하는 게 일반적이다. 하지만 오늘 우리의 집회는 그렇지 않다. 교사 커뮤니티에 올라온 "일단 모이죠. 답답해서 못 살겠습니다."라는 제목의 글로 시작된 모임이었다. 어떤 집단도 조직의 개입도 없이 교사 개개인의 자발적인 의사로 만들어진 행사였다. 혹시나 부담될까 같은 학년 선생님들과도 얘기하지 않고 오로지 혼자 가는 길, 마음이 착잡하다.

학창 시절 줄곧 선생님을 동경했지만 정작 대학은 일반대를 선택했다. 사범대 가라는 엄마의 성화에도 못 들은 척 교육과는 무관한 과를 다녔고 졸업 후 일반 직장을 다니며 결혼했다. 두 딸을 낳고 아이들을 키우면서 교육에 대해 진지한 고민을 시작했다. 교사가 되고 싶다. 그것도 초등학교 선생님. 어린 딸들을 종일반 어린이집에 보내고 선생님이 되기 위해 밤늦도록 독서실을 다녔다. 운이 좋아 다시 대학을 다니게 되었고 30이 갓 넘은 나이에 나는 초등교사가 되었다. 발령 후 또랑또랑한 눈망울의 3학년 아이들을 마주하던 그 첫날의 설렘과 감동을 어찌 말로 표현할수가 있을까. 사각사각 연필 소리 가득한 교실을 둘러보는데 눈물이 쏟아졌다. 남달랐던 그 날의 감회는 돌아가신 엄마 때문이었을 것이다. 늦깎이 대학생 딸 뒷바라지를 위해 손녀딸을 돌봐주던 친정엄마는 교대 4학년 때 갑자기 돌아가셨다. 그날 나의 첫 제자들 앞에서 마음속으로 다짐했다. 엄마에게 부끄럽지 않은 선생님이 될 거라고.

경력 17년 차 중견 교사인 나는 젊은 후배의 허망한 죽음에 오늘 한없이 부끄럽다.

종각역에 도착하니 검은 옷차림의 수많은 선생님이 가지런히 앉아 있다. 예상을 뛰어넘는 인원에 놀라고 흐트러짐 없는 선생님들의 태도에 더 놀랐다. 거리를 점거하고 집단행동을 하지 않을까 하는 예상은 빗나갔다. 선생님들은 종각 사거리 4개의 인도에 나누어 앉아 시종일관 차분하고 질서 정연한 모습이었다. 내가 앉은 2구역은 중앙무대와 뚝 떨어진 거리 탓에 마이크 소리는 잘 들리지도 않았다. 하지만 누구 하나 불평불만이 없었다. 이따금 구호를 따라 외쳤고 선생님들의 자유발언에 조용히 귀 기울이며 박수와 환호로 화답했다.

체감온도 40도에 육박하는 무더위에 살갗은 따갑고 옷은 땀으로 흥건

해졌다. 협소한 공간에 오밀조밀 앉은 선생님들은 침울했다. 누구라도 건드리기만 해도 울음이 터질 것 같은 무거운 분위기. 가방 속 젤리를 꺼내 주위에 앉은 선생님들과 나눠 먹어본다. 달콤하고 쫄깃한 걸 씹으니 그제야 기분이 좀 나아졌다. 옆자리 선생님과 눈 맞춤해본다. 대구에서 KTX를 타고 오셨다는 선생님은 6학년 담임이라고 하셨다. 같은 학년을 가르치고 있다는 사실 하나만으로도 친밀감이 확 느껴졌다. '오늘도 무사히!', '아이들과 감정적 거리 두기!', '내 잘못이 아니야.'를 수없이 되뇌며 하루를 보내는 선생님의 일상이 눈앞에 그려졌다. 사춘기 아이들과 씨름하는 고단한 우리의 일상을 누가 알 것인가.

선생님들의 자유발언이 이어졌다. 정당한 교육 활동이 아동학대로 변질해 고소 · 고발을 당했던 경험담에 자꾸만 울컥울컥했다. '무너진 공교육과 교권을 되찾자.', '젊은 동료 죽음의 진상을 규명하라.'라는 구호는 '교사의 생존권을 보장하라.'라는 외침으로까지 커졌다.

한 시간쯤 지났을까. 맑았던 하늘이 순식간에 흐려지더니 비가 쏟아졌다. 굵은 빗방울이 후드득 떨어지는데도 대열에 흐트러짐이 없다. 우산이 없던 나도 비를 고스란히 맞는다. 그런데 이상하게 옷이 젖지 않았다. 뒤를 돌아보니 선생님이 한 분이 우산을 씌워주고 있었다. 뭐라 말도 못하고 꾸벅 감사의 인사만 했다. 비는 쏟아졌다 그치기를 반복했다. 그사이 앳된 목소리의 교대생, 저년차 교사들의 소신 발언이 이어지면서 집회도 종반으로 치달았다. 몇 곡의 노래가 흘러나왔다. 낭랑한 목소리로 나지막이 노래를 따라 부르는 선생님들.

♫ 꿈꾸지 않으면 사는 게 아니라고

별 헤는 맘으로 없는 길 가려네

사랑하지 않으면 사는 게 아니라고

설레는 마음으로 낯선 길 가려 하네

아름다운 꿈꾸며 사랑하는 우리

아무도 가지 않은 길 가는 우리

누구도 꿈꾸지 못한 우리들의 세상 만들어가네.

배운다는 건 꿈을 꾸는 것

가르친다는 것 희망을 노래하는 것….

소리 없는 슬픔이 번지며 눈물이 흐른다. 24세 꽃다운 나이에 세상을 등진 후배의 절망, 사랑하는 제자가 무서워 학교에 갈 수 없다는 동료의 두려움을 너무나 잘 알기에 훌쩍임도 커졌다. 집회 종료 안내와 함께 우산을 씌워준 뒷자리 선생님과 옆자리 대구 선생님께 조심히 귀가하시라 인사를 하다가 또 왈칵했다. 눈물범벅인 선생님들의 모습에 가슴이 아팠다.

오후 4시 약속된 시간에 선생님들은 정확히 해산했다. 누가 시키지도 않았는데 쓰레기 하나 남기지 않고 일어섰다. 구역마다 배치된 경찰들의 안내가 이어졌다. 종각역이 혼잡하니 인근 다른 지하철역으로 흩어져 달라고 했다. "네!" 선생님들은 대답도 똑 부러지고 우렁차게 했다. 웃음이 나왔다. 누가 선생 아니랄까 봐.

나는 대한민국의 평범한 교사다. 그래서 꿈도 소박하다. 나의 교실에서 아이들이 친구들과 즐겁게 공부하는 것. 거창하지도 않은 평범한 소망이 지금은 참 어렵다. 권한은 없고 책임만 엄중한 비정상적인 현실에서 교실 붕괴를 고스란히 보고만 있어야 하는 자괴감에 하루하루가 괴롭다. 하지만 교사이기에 이 모든 걸 묵묵히 받아들이고 감내하는 선생님들. 일거리를 싸 들고 퇴근해 밤늦은 시간까지 수업 준비를 하고 사비를 털어 아이들을 챙긴다. 힘든 아이들을 탓하기보다 자신의 부족함을 탓하며 동료들의 노하우를 배우러 멀리 있는 길도 마다하지 않는다. '선생님이 좋아요.', '학교 오는 게 행복해요.'라는 해맑은 아이들의 웃음에 모든 시름과 고단함을 잊기도 한다. 하지만 최근 일련의 사건들은 교사의 사명감만으로는 더 버틸 수 없는 지경까지 우리를 몰아넣고 있다. 아동학대라는 프레임이 두려워 그 어떤 정당한 훈육과 지도도 할 수 없는 우리의 처지가 참담하기만 하다.

부끄럽지 않은 교사가 되고 싶었다. 하지만 지금 나는 너무도 창피하고 부끄럽다. 특히 부푼 꿈을 안고 학교에 첫발을 내디디고 있는 어린 후배들에게 미안하다. 선배들이 외면한 문제가 이렇게 부메랑이 되어 우리를, 아니 젊은 그들을 무자비하게 공격할 줄은 몰랐다.

가르친다는 것은 희망을 노래하는 것이라고 했다. 오늘 거리에 뛰쳐나온 선생님들의 처절한 외침은 무너진 교단에 더 침묵하지 않겠다는 다짐이자 경고다.

손 맞잡고 함께 가요!

올여름 불볕더위보다 더 뜨거운 것은 선생님의 눈물이었습니다. 매주 토요일 서울 한복판은 전국에서 몰려든 수만 명의 교사로 가득 찹니다. 젊은 후배들의 간절한 외침이 더욱 아픈 건 선배들의 외면이 부끄러워서일 겁니다.

배운다는 건 꿈을 꾸는 것

가르친다는 것 희망을 노래하는 것 ♫

선생님! 더 이상 울지 마세요.

두려워서 외로워서 교실 한구석에서 웅크리지도 마세요.

우리 손 맞잡고 함께 가요.

부디 그대의 열정과 사랑이 꺾이질 않길 기도합니다.

우리 선생님은 슈퍼맨

윤다은(서울대동초등학교)

요즘 우리 반 아이들은 1인 1악기 수업으로 리코더를 배우고 있다. 리코더 수업 전 쉬는 시간에 나는 아이들 앞에서 리코더를 잡고, "듣고 싶은 노래 신청받습니다!"라고 말했다.

"아빠의 크레파스요!"
"작은 별이요!"
"신호등이요!"

아이들은 각자 자신이 듣고 싶은 노래를 말했고, 나는 리코더로 아이들의 신청곡을 차례로 불어주었다. 아이들은 두 눈을 휘둥그레 뜨고 놀란 표정으로 나를 바라봤다. 나는 어깨를 으쓱하며 뿌듯한 미소를 지었다. 아이들은 리코더 선생님이 오시자마자 "우리 선생님 리코더 천재예요!"라고 말했다.

리코더 수업 중에도 아이들의 감탄은 계속되었다. 리코더 선생님이 새로운 악보를 주시면 리코더 연주를 어려워하는 아이들과는 달리 나는 (쉽고 친숙한 노래이기 때문에) 한 번에 곡을 연주했다. 수업이 끝난 후 쉬는 시간 내내 아이들은 내 주위를 둘러싸고 "선생님 리코더 어디서 배웠어요?", "이 노래도 연주해주세요!", "선생님 멋져요!" 등의 말을 했다.

사실 리코더를 연주하는 건 12년의 학창시절을 거치며 리코더를 계속 접하고 배워온 나에게 그렇게 어려운 일은 아니다. 하지만 나보다 훨씬 작은 손을 가진 아이들에게는 '도레미파솔라시도'를 불기도 쉽지 않다. 특히 리코더의 구멍을 다 막아야 하는 '낮은 도'를 불 때는 손을 바들바들 떨다가 결국 '삑' 소리를 낸다. 그래서 그런지, 아이들은 나를 마치 세계 리코더 챔피언처럼 바라봐 준다. 그런 아이들의 반응이 참 귀여워서 나는 그 반응에 맞게 슈퍼스타처럼 행동하곤 한다.

아이들은 대학 시절 체육 실기 성적이 B에 그쳤던 나에게 "선생님 달리기가 왜 이렇게 빨라요?", "축구를 너무 잘해요!"라고 말하고, 무언가를 그림으로 나타내는 게 어려워 입체 수업만 들었던 나에게 "선생님, 어떻게 이렇게 잘 그려요?", "저도 선생님처럼 잘 그리고 싶어요!"라고 한다. 내가 간단한 덧셈 암산을 빠르게 해내면 "선생님 천재예요?"라고 말하며 신기해하고, "선생님, 이거 영어로 어떻게 말해요?"라는 말에 대답해주면 나를 동경의 눈빛으로 바라본다.

아이들 앞에 서면 나는 때로는 슈퍼맨이 된 것 같다. 내 소소한 재능에도 아이들 눈에 나는 대단한 사람으로 보이나 보다. 그저 어른이 되면 다 자연스레 (잘)하게 되는 것들인데! 별것 아닌 모습도 대단하게 봐주는 순수한 아이들과 함께여서 참 다행이다. 나의 능력이 아이들의 콩깍지로 인해 과대 포장되고 있다는 사실을 절대 들키지 말아야지!

아이들과 소소한
행복의 순간들을 즐기세요.

아이들과 함께하는 것의 장점 중 하나는 아이들의 순수함을 가까이에서 느낄 수 있다는 것입니다. 어린아이들과 함께하다 보면 하루가 정신없이 흘러가지만, 그 속에서 발견하는 아이들의 순수함이 큰 기쁨을 주기도 합니다. 교실 속 소소한 행복의 순간들을 맘껏 누리며, 행복하게 교사의 길을 걸어가는 선생님들의 삶을 응원합니다. 교사가 행복해야 아이들도 행복합니다!

폭탄 머리의 비밀

이지현(진주동진초등학교)

정식 발령 이후, 설레는 마음으로 마주한 나의 첫 번째 제자들은 1학년 이었다. 보통 1학년은 아이를 키워본 40~50대 선생님들이 많이 하시곤 한다. 그러나 발령 당시 나는 육아는커녕 연애 경험도 거의 없는 아가씨 였다. 지역마다 차이는 있지만 내가 근무 중인 경남교육청에서는 2021학 년도부터 1학년 담임들에게 이동 점수를 줄 정도로 고난도 학년으로 꼽 히고 있다.

하다못해 교대 실습 기간에도 1학년을 한 번도 해보지 않았기에 8살 은 무슨 생각을 하고 어떤 행동을 하는지 도무지 감도 잡히지 않았다. 병 아리를 키우고 싶었는데 알 부화부터 시켜야 한다는 임무를 받았다고 하 면, 당시 막막했던 심정이 전달될까?

아이들은 지치지도 않는 배터리가 내장된 것처럼 온종일 이야기하고 돌아다녔다. 그 모습이 마치 어디로 튈지 모르는 24개의 형형색색의 탱탱볼 같았다. 아이들의 눈높이를 맞추고 있노라면 숫자 1부터 10까지 읽고 쓰는 것만으로 40분을 수업해야 하는 것은 차라리 쉽게 느껴지곤 했다.

퇴근하고 집에 가면 쓰러져 잠드는 날들의 반복일 정도로 정신 못 차리며 집과 학교만을 뱅뱅 돌았다. 아이들과 함께하는 5시간을 보내고 나면 10시간의 휴식이 필요했다. 그러나 아이러니하게도 이런 내게 웃음을 선사한 것도 아이들이었다. 진부한 표현이지만 때 묻지 않은 동심, 오랜만에 만나는 흰 눈이었다.

여러 가지 중 유독 기억에 남는 두 에피소드를 소개할까 한다. 첫 번째는 유독 곱슬곱슬한 긴 머리를 가진 여학생의 이야기이다. 작은 체구에 큰 눈이 항상 호기심으로 빛나는 똘똘한 아이였던 윤선이는 수업이 모두 끝나 인사를 하고 뒷문으로 향하던 갑자기 몸을 돌려 내게 다가와서 이렇게 물었다. "선생님, 사람이 번개를 맞으면 죽어요?"

그 질문을 들은 내 머릿속에는 언젠가 번개를 7번 맞고도 살았던 사람의 뉴스가 떠올랐다. 그 생각을 꾹 눌러놓고 대답했다.

"센 번개를 정통으로 맞으면 죽을 수도 있어. 어디서 번개 얘기가 나왔어, 윤선아?"

"그런데요, 우리 아빠는 번개를 맞고도 안 죽고 파마머리가 됐대요."

그 말을 듣자마자 빵 웃음을 터뜨릴 뻔했지만 한 치의 의심도 없이 아빠 말을 믿고 있는 아이의 앞에서 차마 그러면 안 될 것 같은 교사의 본능 덕에 웃음을 겨우 참을 수 있었다. 아마 아빠를 똑 닮았을 이 순수한 곱슬머리 소녀에게 아버지가 장난을 치셨으리라.

현실주의 S 성향을 지닌 나도 그 순간만큼은 아버지의 편이 되기로 마음먹고 입을 뗐다.

"아, 그거는~ 아빠가 약한 번개를 맞아서 그런가 보다!"
"아하~ 그럼 안녕히 계세요!"

나의 능청스러운 거짓말을 들은 아이는 이해가 되었다는 듯 고개를 끄덕이고 후련하게 집으로 향했다. 아이의 순수한 마음을 지켜주고 싶었던 마음 반, 동그랗고 맑은 눈을 보며 장난에 동참하고 싶었던 마음이 반이니 하얀 거짓말은 아니어도 회색 거짓말 정도는 되지 않을까.

두 번째는 분리수거에 얽힌 일이다. 쓰레기를 아무 데나 버리지 말고 쓰레기통에 버려야 한다는 도덕적인 이야기는 유치원 때부터 귀 아프게 듣지만, 실제로 분리수거를 배우는 것은 그보다 훨씬 뒤이다. 페트병의 라벨은 비닐에, 본체는 플라스틱에, 종이는 반듯하게 펴서 버려야 한다는 걸 배우는 건 무려 5학년 실과 시간이다. 택배 상자의 테이프는 떼서 일반 쓰레기로 버리고 상자만 반듯하게 펴서 버려야 한다는 것은 무려 4년을 앞서간 선행학습이다.

학기 초에는 택배 올 일이 참 많고, 그날도 그런 날 중에 하루였다. 방과 후까지 시간이 남는다며 교실에서 선생님을 도와줄 거라며 남아 있던 여학생이 하나 있었다. 이 학교에 처음 온 날부터 선생님이 좋다며 초상화를 그려서 수줍게 선물하고, 평소에도 자신의 것을 챙기기보다 친구들을 도와주는 게 먼저인 마음이 참 따뜻한 아이였다.

"선생님, 뭐 도와드릴 거 없어요?"
"이 상자 좀 교실 뒤쪽 분리수거함에 넣어줄래? 아, 상자는 뜯어서 버려야 하는 것 알지?"

정말로 심부름을 시키고 싶었다기보다 심심해 보이는 아이에게 할 일을 주고 싶은 가벼운 마음이었다. 나는 아이의 대답을 듣고 아직 익숙지 않은 공문을 처리하기 위해 다시 모니터로 눈을 돌렸다.

그런데 금방 버리고 와서 옆에서 재잘거려야 할 아이가 오지 않았다. 선생님과 엄마라면 공감하실 테지만 우리 아이들, 조용할 때가 가장 불안할 때다. 고요한 걱정을 안고 교실 뒷문을 바라보니 맙소사ー 정말 내 말대로 상자를 착실하게 뜯고 있었다. 아니, '찢고' 있었다고 하는 게 더 정확한 표현일 것이다. 그것도 작은 손으로 야무지게 귀퉁이부터 작은 조각으로 잘게 잘게 열심히도 찢고 있었다.

놀라기도 하고, 귀엽기도 한 모습에 나는 옆에 쪼그려 앉아 웃으며 말해주었다. "소민아, 상자를 뜯어 버린다는 것은 테이프를 떼고 납작하게 만든다는 뜻이야." 그러고는 시범을 보여주었다. 내 말과 행동을 확인한 아이는 "아하!" 하고 마주 웃고는 손을 털고 방과 후로 떠났지만 나는 그 자리에서 잘게 찢긴 상자 조각을 보며 조금 더 웃고 일어났다.

8살로 처음 만났던 아이들이 11세가 된 지금까지 이 학교에 있다. 크지 않은 학교라 4년 동안 다시 담임을 하기도 했고 복도와 급식소에서는 수없이 만나며 인사를 주고받았다. 그 사이 키도 컸고 약간은 의젓해진 모습으로 "선생님, 내년 5학년에는 꼭 다시 우리 반 선생님 해야 해요!"라며 고마운 말을 건네는 예쁜 4학년이 되었다. 그렇지만 내게는 여전히 번개를 맞아 파마머리가 된 아버지를 두었으며, 상자는 찢어버려야 한다는 선생님의 말씀을 열심히 지키는 귀여운 1학년이다.

어서 오세요, 좌충우돌 행복 교실입니다

호기심과 순수가 가득한 아이들을
오래 보고 싶습니다.

교사로 근무하며 울게 되는 것도 아이들 때문이지만, 웃게 되는 것도 아이들 덕분이라는 생각을 자주 합니다. 갈수록 학교 현장에서 버티기가 힘들다는 말을 많이 듣지만, 오래오래 교사로 남아 있고 싶습니다. 잘 버티고 버텨서 시간이 많이 흘러 두 아이를 우연히 다시 만나게 된다면 꼭 말해주고 싶습니다. 그때 너희 덕분에 선생님이 참 많이 웃었다고, 평생 미소 지을 추억을 만들어줘서 고맙고 잊지 않겠다고요.

귀여운 선물을 받다

장지혜(대전글꽃초등학교)

　이제는 날씨가 제법 더워질 무렵, 교과 전담 선생님들이 함께 모여 있는 교과 전담실에 아이들 한 무리가 들어왔다. 두리번거리며 누군가를 찾고 있는 모양새에 한 선생님께서 아이들에게 무슨 용건으로 왔는지를 물었고, 아이들은 '도덕 선생님'을 찾으러 왔다고 했다.

　교과 전담실에는 학생들이 거의 오지 않는다. 온다고 해도 수업을 마치고 받을 물건이 있을 경우나, 신청서를 제출하러 오는 학생들이 대부분이지 한 무리의 학생들이 오는 경우는 거의 없다. 그렇기에 저 아이들이 우르르 몰려와 '도덕 선생님'인 나를 찾는 이유가 궁금해졌다. 특히나, 얼마 전에 교우 관계 갈등으로 인해 수업 시간에 훈육했던 반 아이들이었기에 나를 찾아왔다는 게 더욱 의아했다.

　"무슨 일이니?"

아이들이 대답은 하지 않고 내 책상 주위로 일렬로 서기 시작했다. 입 꼬리가 씰룩씰룩하는 게 나쁜 일은 아닌 것 같았다.

"도덕 선생님, 안녕하세요."

다 같이 한목소리로 외치는 힘찬 인사 소리에 교과 전담실에 계시는 다른 선생님들도 무슨 일인가 지켜보기 시작했다.

"저희 반에서 기른 방울토마토예요. 5개가 열렸는데, 그중에 가장 귀여운 방울토마토를 선생님께 드리려고 가져왔어요. 작지만 맛있게 드세요."

마치 대본 연습이라도 한 듯이 한꺼번에 큰 소리로 또박또박 외치며, 그중 한 아이가 조심스럽게 방울토마토를 내밀었다. 그런데 방울토마토가 작아도 정말 너무 작았다. 7명의 아이가 우르르 몰려와서 이 작은 방울토마토를 뿌듯한 얼굴로 건네는 모습이 웃기기도 하고 귀엽기도 했다.

"고마워."

나는 아이들이 건네는 방울토마토를 받아들고 감사 인사를 전했다.

"꼭! 씻어서 드세요."

"꼭이에요!"

선생님이 귀여운 방울토마토를 씻지도 않고 입에 쏙 넣을까 걱정되는 아이들이 교과 전과 전담실을 나가는 길에도 한 번씩 뒤를 돌아보며 걱정스러운 말투로 얘기했다.

아이들이 우르르 나가고 나니 원래 조용한 교과 전담실이었지만 왠지 모르게 더 적막이 느껴졌다.

며칠 전, 방금 다녀간 아이들이 수업 시간에 물건을 빌려주는 것에 대해서 다툰 일이 있었다. 한 아이가 준비물을 준비하지 못했고, 다른 아이들은 그 아이에게 물건을 빌려주고 싶지 않아 다툼이 시작되었는데, 사실 물건을 빌려주고 말고의 일보다는 그전부터 한 아이와 다른 아이들의 누적된 갈등이 물건을 빌려주는 것으로 드러났던 것 같다. 반 전체 아이들과 함께 교우 관계에 관한 이야기를 꽤 깊게 나누었음에도 아이들의 얼굴에는 억울함과 불만이 나타났고, 그날은 나도 괜스레 씁쓸했다.

그랬던 아이들이 이 작디작은 방울토마토 하나를 전하겠다고 다 같이 할 말을 연습하고 교과 전담실에 왔다 간 것이다. 서로에게 날을 세웠던 아이들이 교과 전담실에 오기까지, 그리고 다시 교실에 돌아가서 선생님께 방울토마토를 가져다드린 이야기를 나눌 때까지 '함께'했기에 더 즐거웠던 시간으로 느낄 수 있었길 바란다.

아이들이 가져온
귀여운 방울토마토

주는 기쁨을 느낄 수 있는
경험을 만들어주세요

   아이들에게 선물은 주로 '받는 것'이 익숙하다 보니, 선물을 줄 때의 기쁨은 어색하게 느껴질 수 있습니다. 하지만 누군가에게 선물을 주는 것, 특히 여럿이 함께 고민하고 힘을 모아 준비하는 선물은 그 과정에서부터 아이들의 마음에 다른 사람의 입장을 생각하는 공감 씨앗을 심을 수 있습니다. 선물은 그 자체보다는 서로에 대한 마음과 애정이 담겨 있기 때문에, 그 의미를 함께 나누고 즐길 수 있는 경험을 만들어주세요.

매력을 발견하는 시간

정민경(솔빛중학교)

하루 중 아이들이 제일 기대하는 시간은 점심시간이다. 이 시간에 물론 밥도 먹지만 친구와 못다 한 수다도 맘껏 떨고, 피구 연습도 하고 춤도 출 수 있을 뿐 아니라 미처 다하지 못한 과제를 할 수 있는 절호의 기회까지 얻을 수 있다. 이렇게 많은 일을 할 수 있는 금쪽같은 시간이니 일과 중 가장 기다리는 건 당연할 일일 테다.

우리 학년 교실이 있는 곳은 5층, 급식실은 1층이라 이동할 길이 멀기에 규칙대로 줄을 서서 내려간다. 4교시가 마치는 종이 울리면 아이들은 번호 순서대로 교실 앞 복도에 줄을 서서 한 학급씩 차례로 이동한다. 급식실로 향하는 동안에도 많은 일이 일어나기 때문에 이때부터 나의 매의 눈은 가동되고, 여기저기서 아이들의 외침은 시작된다.

준수와 정현이는 1년 내내 점심시간 나의 단골손님이다.

17번인 준수와 22번인 정현이는 우리 반의 귀여운(?) 장난꾸러기들이 자 단짝인데, 번호 순서대로 줄을 서기로 한 규칙에 따르면 둘은 나란히 설 수가 없다. 그런데도 늘 붙어 있다가 나에게 이름을 불리고, 친구들이 "선생님~ 쟤네 또 붙어 있어요."라는 말을 듣고 나서야 재밌다는 듯이 웃으며 제자리로 가는 준수와 정현이다.

어느 날, 인원 점검을 하다 보니 둘이 보이지 않았다.

어디 갔는지 두리번거리고 있는데 불이 다 꺼진 컴컴한 교실 안에 있는 두 녀석과 눈이 딱 마주쳤다. 그러자 "아~ 들켰다!!" 하며 깔깔 웃는다. 아무도 없는 교실 안에 숨어 있다가 내가 발견 하나 안 하나 나름대로 장난을 친 것이었다. 바로 데리고 나와 주의를 주고 빈 교실에 숨어 있는 행동은 괜한 오해를 살 수 있으니 조심하라는 말을 덧붙인 뒤에 아이들을 급식실로 내려보냈다.

5층에서 1층까지 내려오면서도 아이들은 끊임없이 장난 거리를 찾는다.

급식실 입구에서 아이들을 살펴보는데 진아가 보이지 않는다. "얘들아, 진아 어디 갔어?"라고 물어보니 "진아 보건실 갔어요. 내려오다가 뒤에 서 있는 도현이가 머리를 세게 때려서 울면서 갔어요."라고 한다. 옆에 서 있던 현주는 "도현이가 진~~짜 세게 때려서 퍽 소리 났어요!"라는 말을 덧붙여 확인 사살까지 해준다.

진아와 도현이는 평소에 서로 장난을 주거니 받거니 하며 노는 친한 사이이다. 그날따라 도현이가 앞서가는 진아의 머리카락을 잡아당기고 놀리고 하면서 머리를 때린 것이 힘 조절을 잘못하는 바람에 이런 불상사가 일어난 것이다. 나는 도현이를 따로 불러 면담을 하고 보건실에 다녀온 진아를 살펴본다. 도현이가 잘못을 인지하고 진아에게 확실히 사과하게 한 뒤 둘을 화해시켜 급식실로 들여보낸다.

"쌤, 얘가 자꾸 때려요!"
"쌤, 쌤이 자꾸 뒤돌 때마다 얘가 새치기해요!"
"쌤, 진영이가 제 실내화 들고 가서 안 돌려줘요!!"
이쯤 되면 "쌤~쌤~." 하는 메아리가 귀에 울리고 초등학교 1학년 학생인지 중학교 1학년 학생인지 구분이 모호해진다. 그래도 밉지 않은 아이들의 외침에 적당히 반응해주고 잔소리를 날리면 아이들은 통쾌하다는 표정을 짓는다. 반응을 보아하니 이 아이들은 나의 잔소리가 반가운 것이 분명하다.

준수와 정현이가 매일 나의 잔소리를 끌어내는 행동을 하며 관심받는 걸 은근히 즐긴다는 것을, 도현이는 여학생들에게 장난을 걸며 친근함을 표현한다는 것을 교실 밖에서 오고 가는 마주침 속에서 잘 알아챌 수 있고 아이들을 더 이해할 수 있는 계기가 된다. 관심받고자 하는 기대에 부응해 주며 아이들과 티키타카를 이어가다 보면 점점 이 아이들은 나와 끈끈한 관계가 되어가는 것이 느껴지는 순간이 온다. 그때부터는 다루기 힘든 골치 아픈 학생이 아니라 오히려 나를 웃게 해주는 귀여운 재간둥이가 되어가는 것이다.

점심시간은 수업 시간에 교실에서 볼 수 없었던 아이들의 숨겨진 모습을 많이 발견할 수 있는 시간이다. 사실 교사인 나도 사람인지라 밥을 제시간에 먹지 못하면 짜증이 나기도 하고, 가끔은 밥이 코로 들어가는지 입으로 들어가는지 알 수 없어 속상할 때도 있다. 그럼에도 불구하고 아이들의 모습을 한 번 더 들여다봄으로써 얻는 것들이 많아 뿌듯한 순간들이 더 크게 다가온다.

내가 차린 밥은 아니지만 맛있게 밥을 먹는 아이들을 보면 그렇게 예쁠 수가 없다. 한 명 한 명 먹는 모습을 보고 있자면 교실에서 얄밉게 굴었던 아이의 볼록 튀어나온 볼이 햄스터처럼 귀엽게 보이기도 하고 교실에서 과묵하게 앉아 늘 졸린 눈을 하고 있던 아이가 세상 반짝이는 눈으로 매일 밥 두 그릇씩 먹는 모습을 보면 '그래, 한창 클 때지.' 하며 미소가 지어지기도 한다.

밥 먹으면서도 끊임없이 수다 떠는 아이, 마스크 절대 안 벗고 눈치 보며 먹는 아이, 매일 친구 간식 뺏어가서 친구 약 올리는 아이, 다이어트한다며 한사코 밥 먹기를 거부하는 아이까지 점심시간에는 여러 장르의 이야기가 다채롭게 펼쳐진다.

소화도 시킬 겸 학교 둘레를 한 바퀴를 돌다 보면 아이들의 요즘 교우 관계가 어떠한지 보이고, 청소년기의 미묘한 남녀 학생의 어울림과 아이들의 최근 관심사를 들여다볼 기회들이 있다. 이렇게 매일 업데이트되는 아이들의 이야기는 서로를 더 이해하게 되는 연결고리가 되고 아이들의 삶을 가까이서 볼 기회가 된다. 늘 가까이서 조금씩 다가가는 시간을 만듦으로써 아이들과 교사인 내가 자연스럽게 연결될 지점이 많이 생기는 것이다.

오늘도 어김없이 아이들의 이야기는 계속되고, 나는 아이들 성장의 한 순간을 함께한다.

아이들의 일상을 들여봐주세요.

학교에서의 모든 시간에 아이들의 각양각색 이야기가 그려집니다. 수업 시간의 모습도 중요하지만 긴 쉬는 시간인 점심시간에는 교실에서는 볼 수 없었던 아이들의 표정과 행동, 말투를 발견할 수가 있어요. 게다가 같은 반, 다른 반 친구들과 어울림을 볼 수 있는 절호의 기회이기도 하지요. 아이들의 일상을 눈에 많이 담아 놓을수록 아이들과의 관계 맺기가 더 수월해지고 서로를 조금 더 가까워지게 하는 계기가 될 수 있답니다.

어느 날 아이가 마음속으로

최혜림(시초초등학교)

성공한 삶을 살고 싶었다. 20대에는 돈과 명예가 성공의 전제조건이라 생각했다. 그러나 30대가 된 지금은 성공을 정의하는 방식을 바꿨다. 여전히 일용할 양식을 위해 직장에 나가고 돈을 벌 수 있는 일들을 궁리하지만, 돈이 전부일 거라는 생각은 하지 않는다.

내게 성공이 무엇이냐 묻는다면 '소중한 기억이 많은 인생이다.'라는 대답을 멋쩍게 해본다. 짧지만은 않은 교직 생활, 아이들과 함께하며 쌓아온 소중한 기억을 떠올리며 나는 과연 성공한 인생을 살고 있는지 가늠해본다. 어제처럼 떠오른 두 아이와의 기억은, 어쩌면 나도 조금은 성공한 교사로 살고 있다고 말할 수 있는 용기를 준다.

지환이는 부모님의 이혼으로 조부모님이 살고 계신 시골로 이사를 왔다고 했다. 5학년 때까지 도시에서 지내던 아이에게 갑자기 살게 된 시골 동네는 큰 혼란이었을 것이다. 지환이는 무사히 6학년을 마치고 졸업했지만, 그 아이가 단 한 번 불같이 화를 낸 적이 있다. 교실에서 책상과 의자가 내동댕이쳐지고, 아이의 입에선 욕설이 나왔다. 순간 앞문을 열고 내가 들어왔고 교실 분위기는 얼어붙었다. 분노한 아이의 눈빛을 보았다. 화가 난 눈빛에서 상처를 읽을 수 있다는 것을 그때 처음 알았다. 아이를 보자 화가 나기보다는 너무 슬펐다. 무슨 일로 화를 냈냐고 묻자, 친구가 자꾸만 자신의 성을 다르게 불렀는데 그게 너무나 속상했다고 했다. 짐작할 수 없는 마음은 그저 주제넘게 집착하지 않는 것이 배려라고 생각했다. "폭력적인 행동은 안 돼."라는 말과 함께 상담을 마쳤고, 그 일은 내 기억에서 잊혔다. 그렇게 사건은 해결되는 듯했다. 평화로운 시간이 착실하게 흘러갔다.

가정의 달인 5월이 되자 장애인협회에서 카네이션을 사라며 각 반에 홍보지가 붙었다. 어버이날에 맞춰 아이들이 주문한 카네이션이 교실에 도착했다. 정신없이 카네이션을 나눠주고 하교를 시키는데 그날따라 친구들이 다 가고 남은 교실에 쭈뼛대며 서 있는 지환이가 보였다. "왜?"라고 묻는 대답에 아무 말 없이 지환이가 불쑥 등 뒤에 있던 손을 뻗었다. 그러더니 책상으로 빠르게 다가와 손에 숨겨두었던 카네이션을 던지듯 놓고 갔다. 무슨 말을 꺼낼 수도 없는 찰나의 순간에 아이는 등을 돌리고 집으로 돌아갔다. 김영란법으로 모두가 몸을 사리던 시절이었다. 아이에게서 사탕 하나도 받지 말라는 무시무시한 말들을 들었으나, 나는 차마 그 마음을 돌려줄 수는 없었다. 엄마에게 달아주고 싶었을 꽃을 내게 놓고 가는 마음이 어땠을까. 나는 그냥 그 마음을 지키는 것이 소중했다.

그 꽃은 아직도 내 눈이 가장 잘 닿는 곳에 있다. 나는 여전히, 그 꽃 때문에 모든 것을 다 잘 해내는 완벽한 아이보다는 내 보살핌이 필요한 조금은 부족한 아이들에게 마음이 쓰이게 되는 것이다. 너를 위해 엄마가 되어줄 수는 없지만, 내가 줄 수 있는 가장 큰 마음을 줄게. 기도하는 마음으로 아이를 바라보게 되는 것이다.

몇 해가 지나 아이는 "선생님 덕분에 사람 됐어요."라는 쪽지를 보내왔다.

'아니 너는 애초에 착한 아이였단다. 그냥 상처받았을 뿐. 홀로 여미고, 메우려다 터져 나온 울분을 내가 조금 다독여줬을 뿐이란다.'라는 말이 속에서 흘렀지만, 그저 나는 고맙다는 한마디로 모든 대답을 대신했다.

지환이가 준 선물이 교직 생활 최고의 선물이었다면, 2학년이었던 영민이의 말은 인간으로 받을 수 있는 최고의 극찬이었다. 두 번째 2학년을 맡은 나는 유난히 순하고 귀염성 넘치던 우리 반 아이들이 좋았다. 지역의 특수성이었던 건지 반에는 교사의 관심이 필요한 아이들이 여럿 있었고, 영민이도 그중 하나였다. 그날도 평소와 같은 날이었다. 주변의 여러 나라를 공부하고 자리 주변을 정리하는데 도우미 선생님께서 잠시만 이야기할 수 있겠냐며 곤란스러운 얼굴로 나를 부르셨다. 특수학생이 있던 우리 반에는 도우미 선생님이 계셨고, 수업 시간에 아이들과 함께 앉아 특수 학급 아이들의 공부를 도와주시곤 했었다. "선생님, 영민이가 A국의 영상을 보면서 이런 말을 하더라고요. '우리 엄마는 A국에 있을까? 아니 죽어버렸겠지. 죽었으니 나도 안 보러 오겠지.' 하고요. 조금 걱정되어 말씀드려요." 영민이는 다문화 가정의 아이였다.

아빠가 A국에 공부하러 갔을 때 엄마를 만났고 가정을 꾸렸으나 아빠가 한국으로 돌아오게 되며 서서히 멀어지게 되었다는 이야기는 가정방문을 하고서야 자세히 들을 수 있었다. 영민이의 아빠는 타지에서 일하셨다. 따라서 아이는, 아빠를 키워줬던 할아버지 할머니 즉, 아이에게는 증조할머니와 할아버지의 손에서 자라고 있었다. 통통한 볼에 귀염성이 가득한 아이였다. 슬쩍 근처에 와서 장난을 많이 걸었지만, 결코 내 앞에선 저런 말을 꺼내지 않던 아이였다. 마음이 아팠다. 걱정도 되었다.

산길을 굽이쳐 들어가자 천장이 낮은 집 한 채가 보였다. 허리가 굽으신 할머니께서 무릎을 절뚝이며 대문 앞으로 마중을 나오셨다. 아이는 내가 온 것이 좋은지 방을 슬쩍 들여보다가 할아버지에게 혼나고는 다른 방으로 숙제를 하러 건너갔다. 혼나는 얼굴에도 미소가 만연한 것이 선생님이 오셨다는 게 참 좋은 모양이었다. 아이가 했다던 말은 한마디도 입 밖에 꺼내지도 못한 채 그저 앉아 나는 무슨 이야기든지 듣고, 또 들었다. 아이를 키우는 일이, 그 연세에 얼마나 고단한 일인지 감히 짐작한다는 말도 꺼내지 못했다. 집에 가려고 인사를 하자 검은 봉지 안에 포도가 가득하였다. "할머니. 저 이거 받으면 잘려요."라고 웃으며 말하자 "몰래 먹어." 하시던 할머니. 그 포도는 결국 교무실에서 모두의 배로 들어 갔다. 소중히 담아주신 과일의 달콤함에, 아이의 웃는 얼굴을 볼 때 내 마음은 한없이 무너졌다.

아이와는 영화를 보러 갔다. 교내에서 대상자들에게 신청서를 받아 사 제동행 데이트를 하던 때의 일이었다. 여러 명의 선생님과 여러 명의 아 이가 있었으나 우리 반 신청자는 영민이뿐이었다. '사랑하는 사람과 보내 는 즐거운 시간'이 데이트의 정의라면 영민이와 나는 정말 행복한 사제동 행 데이트를 했다.

우리는 〈알라딘〉의 개봉일에 맞춰 함께 영화를 보고, 밥을 먹었다.
영화관에서 사준 팝콘을 꼭 잡고 앉아 옆에 앉은 내 입에 넣어주기 바 쁘던 영민이.
주변 선생님들이 놀려대도 배시시 웃으며 끝까지 손을 놓지 않던 영민 이.
화장실이 너무 가고 싶었는데 영화를 끝까지 보고 싶어서 참았다며 웃 던 영민이.
그날 저녁 함께 갔던 뷔페에서 선생님께 드리겠다며 국수를 뜨고는 고 사리 같은 손으로 작은 국수 그릇을 조심조심 옮겨오던 영민이.

그날 저녁 아이는 헤어지기 전 내게 "선생님이 우리 아빠랑 더 빨리 결 혼하지."라고 말했다.

대구할 말을 찾지 못했다. 어떤 말도 할 수 없었다. 침묵이 흘렀다. 할 수만 있다면 아이에게 엄마가 되어주고 싶었으나 내가 할 수 있는 건 교실에서 주는 사랑이 전부였다. 시간이 흘러 저 말을 곱씹을 때마다 나는 '내가 평생 저 이상 받을 수 있는 칭찬이 과연 있을까?' 하는 생각이 든다.

예전에 나는, 사람의 마음이란 크기가 정해져 있다고 생각했다. 새로운 누군가를 담기 위해선 지금 가지고 있는 애정의 크기를 줄일 수밖에 없을 것으로 예측했다. 연애 감정에서는 내 이론이 대충 들어맞았다. 하나의 연애가 끝나고 감정이 스러지면, 또 새로운 감정이 차올랐다.

그렇지만 아이들을 만나고 나서는 생각이 변했다. 요즘 나는 나 자신을 한계를 알 수 없는 나무라고 생각한다. 한 해, 한 해 더 자라나며 더 많은 사랑을 담고 주변에 베푸는 사람으로 성장한다고 느낀다. 어쩌면 '더 귀여워할 수 있을 자신이 없다'고 생각하고 시작하는 한 해가 있을지라도 틀림없이 아이들은 귀여웠다. 그리고 사랑하고 사랑받던 기억들은 또 다른 잎이 되고, 뿌리가 되어 나의 삶을 더 단단하고 아름답고 빛나게 만들어주었다.

아직도 나는 교실에서 몇 번씩이고 무너지고, 좌절한다. 그래도 나는 성공한 교사가 되고 싶다. 행복한 기억을 많이 모아서 언제고 꺼내서 곱씹을 수 있는 교사가 되고 싶다.

결국엔 사랑이 모든 것을 이깁니다.

가르치는 기술, 학급을 운영하는 노하우들은 해를 지나며 더욱 노련해
집니다. 그러나 아이들을 사랑하는 마음만큼은 경력과는 상관없이 해마다
신규의 마음으로 돌아가게 됩니다. 교사도 아이에게 상처받을 때가 있습
니다. 그러나 아이들에게 위로받고 사랑받는 더 많은 경험이 교직 생활을
이어가게 하고, 행복하게 만듭니다. 행복한 교실 속에서 피어나는 사랑이
결국 모든 것을 이깁니다.

멘토스 한 알

하나(수원잠원초등학교)

한 여학생이 방과 후 교실에 남아 내 주변을 맴돌며 미소 짓고 있다. 이 아이와 특별한 시간을 가졌다. 수다 타임!

분명히 난 이 아이의 꿈을 알고 있다고 확신했다. 아버님과 어머님의 이야기도 오손도손 나누었던 것을 기억한다.

"아버님은 ○○에서 일하신다고 하셨지? 어머님은 ▽▽에서 일하시고?"

아주 당당하게 물었다. 다 기억하고 있다는 듯이. 그런데 아버님께서는 ㅁㅁ에서 어머님은 ◇◇에서 일하신다고 정정해주었다.

'앗~! 이럴 수가!!'

맞다 난 기억력이 좋지 않다. 자주 까먹고 나이가 들수록 더 자주 까먹는다.

"아하, 하하하~! 선생님이 까마귀 고기를 좋아해~."

그래도 다행히 그 아이의 오빠 이름은 기억해 냈다! 이런 나의 모습을 아주 재미있다는 듯 웃으며 바라본다. 나의 허당끼에 아이가 행복해하니 다행이다. 물통 던져 세우기도 했다.

"백만 유튜버가 된다." 하며 물통을 던졌고 아이는 던져진 물통을 낚아채 직접 바르게 세웠다.

"우와 이렇게 해도 되는 거구나~! 하하하하하."

할리갈리도 같이 했는데 역시나 난 졌다. 아이와 한참을 웃으며 시간을 보내고 난 후 방과 후 수업에 맞춰 헤어짐의 인사를 나눴다. 그런데 그 아이가 방과 후 수업을 마치고 다시 교실로 왔다. 수줍은 표정으로 손 안에 있던 물건을 나에게 건넸다.

멘토스 한 알. 아이의 애정이 느껴진다. 중학교 올라가서도 꼭 찾아오겠다는 아이의 말에 마음 가득 행복이 넘실거린다.

요즈음은 교사가 선물을 받는다는 개념 자체가 사라져서 "선생님은 선물을 받지 않습니다."라고 말할 필요도 없다. 그럼에도 불구하고 학기 초나 상담 시에는 음료수 한 캔도 정중히 거절함을 밝힌다. 하지만 아이들에게 받는 선물이 있긴 하다. 직접 만든 종이접기, 직접 그린 그림, 정성껏 손으로 쓴 편지들이다. 선물들을 받을 때마저도 조심스럽다. 마음을 표현하기 어려워하는 아이들이 눈에 밟히고, 인사마저도 쑥스러워하는 아이들을 신경 쓰게 된다. 아이들의 진심이 담긴 편지와 선물들을 최대한 버리지 않고 보관하려고 하는 이유도 아이들의 마음을 좀 더 소중히 다루고 싶다는 표현의 하나다.

모두 소중한 표현들이지만 그중에서도 마음에 남는 편지는 "수업이 재미있었다."라는 글이다. 아이들이 학교에서 즐겁게 공부하고, 수업을 통해 많은 생각을 했으면 좋겠다. 그래서 학교 오는 것이 행복했으면 정말 좋겠다.

그리고 삐뚤빼뚤한 글씨와 모양도 엉성한 그림, 종이접기들이 참 좋다. 처음에는 예쁜 글씨체가 눈이 먼저 갔지만, 시간이 더 할수록 엉망인 글씨체가 더 좋아진다. 엉망으로 써서 알아보기도 어렵지만 고심하고 고심한 흔적이 묻어 있는 편지. 그런 편지일수록 내가 더 잘 가르쳐주었으면, 그 아이를 더 많이 안아주면 좋았겠다고 생각하게 된다.

제일 많이 받는 선물은 바로 그림이다. 특히 얼굴을 자주 그려주는데 정말 실물보다 훨씬 더 예쁘게 그려준다. 어떤 학생은 장원영보다 더 이쁜 선생님이라고 했다.

'푸훗.'

웃음을 뿜어낼 수밖에 없다. 하물며 신랑도 그런 말은 안 하는데 말이다. 아이들이 자꾸 거짓말만 늘어간다. 정직하게 자라도록 다시 지도해야지.

아이들의 사랑 표현에 항상 고맙다.

그리고 나도 아이들이 참말 좋다. 사랑한다, 한 명도 빠짐없이! 말썽을 피워도, 말을 좀 안 들어도 그래도 엄청나게 사랑한다. 그래서 난 초등교사다.

우리는 초등교사입니다.
아이들이 있기 때문이에요.

아이들이 참말 좋습니다. 말썽을 피워도, 말을 좀 안 들어도 그래도 사랑합니다. 비록 나의 사랑이 세련되고 유려하지 않더라도, 전문가다운 것이 아닐지라도 아이들을 사랑하는 마음은 해가 더할수록 깊어집니다. 그래서 난 초등교사예요.

교실 결혼식

허영운(남광초등학교)

따라라라~ 따라라라~ 따라라랏 따라라랏~ ♬(결혼행진곡)

점심을 먹고 올라온 복도에 결혼행진곡 허밍 소리가 울려 퍼졌다. 좁은 복도 양옆으로 우리 반 아이들이 열을 맞춰 서 있다. 복도 가운데로 우리 반 장난꾸러기 2명은 사이좋게 팔짱까지 끼고 있다. 음악 시간에 배운 결혼행진곡을 쓸데없이(?) 잘 기억해두었다가 이렇게 놀고 있는 모습을 보니 웃음이 나왔다.

"아이고~ 내 제자가 다 커서 결혼까지 하다니. 선생님이 주례라고 봐야겠다."

내 웃음소리에 아이들은 신이 났다. 나를 보고 돌아선 장난꾸러기 손에 종이로 만든 부케까지 있는 것을 보고 웃음보가 터졌다. 어디서 본 것은 있었는지 이 정도면 제법 현실 고증이 잘 되어 있다.

"선생님도 결혼식 초대장 있어야 하니까 밖에서 조금만 기다려요. 금방 만들어서 줄게요. 절대 먼저 들어오면 안 돼요!"

뜬금없이 청첩장이 없다는 이유로 내 교실인데도 들어가지 못하는 이 상황이 어이가 없지만 쉬는 시간이니 아이들 장단에 더 놀아주기로 마음먹었다. 손재주 좋은 여자아이 몇 명이 후다닥 색지에 무엇인가를 그리고 잘라서 나에게 주었다. 아이들이 준 청첩장 덕분에 무사히 식장에 입장할 수 있었다.

분명 복도에서 결혼행진곡이 울렸던 것 같은데 아이들의 결혼식에서는 행진이 오래오래 계속되었다. 교실 방방곡곡을 누비는 신랑신부 녀석들을 보며 나도 아이들과 같이 낄낄 웃었다. 한참을 신나게 행진하고 아이들은 부케 던지기 세리머니를 하였다. 신부인 아이가 뒤돌아서고 그 뒤로 아이들이 모였다. 하나 둘 셋! 신호로 부케가 허공을 갈랐고 아이들이 뛰어올라 종이 부케를 낚아챘다. 나는 사진 기사 역할이기 때문에 열심히 그 열띤 현장을 찍었다.

"쌤~이제 우리 가족 사진 찍어야 해요."

부케를 5번이나 던지는 기이한 결혼 행사이지만 가족사진도 빠질 수 없는 모양이다. 사진을 찍는다고 하니 교실에서 결혼식 놀이를 안 하던 아이들까지도 달려온다. 다 같이 모이니 제법 대가족이다.

"찍겠습니다. 신랑 신부님 웃으세요."

찰칵! 아이들의 장난기 가득 담긴 즐거운 얼굴이 추억으로 남았다. 앞으로도 신랑 신부님 일가 친족들 모두 서로 사랑하고 오늘처럼 웃는 얼굴로 지내길 기원한다.

아이들의 놀이에 함께해주세요.

아이들이 어떻게 노는지 멀리서 관찰하는 경우가 많습니다. 하지만 함께 놀이에 참여해 보면 어떨까요? 놀이에서 아이들의 표정과 감정을 더 가까이 살펴보세요. 서로에 대해 더 깊은 마음을 나눌 수 있을 거예요. 친구와 사이좋게 노는 데 필요한 말과 행동을 보여주세요. 아이들은 선생님과 노는 과정에서도 행동을 배우고 본받을 수 있습니다.

진실 혹은 거짓

황재흠(영주서부초등학교)

6월은 호국의 보훈의 달이다. 6월이면 우리 반은 현충일과 6·25 전쟁을 알아보고 나라를 위해 헌신하고 희생하신 분께 감사하는 시간을 가진다. 음악 시간에는 평화 통일을 기원하는 마음을 담아 이호재 선생님이 작곡한 〈그런 날이 온다면〉이라는 노래를 배우고, 창의적 체험활동 시간에는 우리나라 상징인 무궁화, 태극기, 애국가에 대하여 공부한다.

"얘들아, 6월은 무슨 달일까?"

"이번 달은 철수 생일이 있는 달이에요."부터 "여름이 시작되는 달?", "날씨가 더워지는 달?", "육상대회 있는 달?"까지 틀린 답을 자신 있게 돌아가며 말한다. '호국보훈'의 '호'도 나오지 않다는 것은 나의 질문이 아이들 눈높이에 맞지 않음을 의미한다. 구체적인 예와 힌트를 넣어서 재차 질문했다.

"우리가 4월을 '과학의 달'이라고 하잖아. 그리고 5월을 뭐라고 하더라?"

"가정의 달?"

"그렇지! 그러면 6월은 무슨 달이라고 할까? 힌트는 6월 6일과 6월 25일이야. 그래도 어렵다면 초성까지 알려줄게."

다행히 6월 6일과 6월 25일은 어떤 날인지 아이들도 알고 있었다. 반면 칠판에 적힌 'ㅎㄱㅂㅎ' 초성은 멀뚱히 바라보기만 했다. 호국보훈이 4학년에겐 낯설고 어려운 단어였다. 교수법 책에서 수업 중에 학생이 질문하고 학생이 답하면 수업의 고수, 학생이 질문하고 교사가 답하면 수업의 중수, 교사가 질문하고 교사가 답하면 수업의 하수라고 하던데 나는 하수가 되어 호국보훈의 뜻을 알려주었다. '나라를 위해 몸과 마음을 바쳐 지킨 분들의 뜻을 기리고, 그에 보답한다.'를 다 같이 읽어보고, 눈을 감고 외워서 말해본 뒤, 짝에게 설명해 보았다.

이어지는 나의 질문.

"우리나라를 상징하는, 대표하는 꽃은 무엇일까?"

'무궁화'라고 쉽게 답했다.

"그럼 태극기를 안 보고 그릴 수 있어?"

교실 앞 칠판 위에 있는 태극기로 일제히 눈이 향했다. 오직 공책만 바라보고 태극기를 그려보기로 했다. 과연 몇 명이나 태극기를 바르게 그렸을까? 고개를 들어 교실 앞 태극기와 자신이 그린 태극기를 비교해 보았다. 25명 중 14명이 정확하게 그렸다. 공공기관, 도로, 운동장, 교실에서 자주 보지만 막상 안 보고 그리기 어려운 것이 태극기다.

이번엔 애국가 차례다.

"애국가 가사 안 보고 부를 수 있니?"

모두가 1절은 쉽게 불렀다. 2절로 넘어가니 갑자기 목소리가 크기가 점점 줄어들기 시작한다. 음은 비슷한데 모두 작사가가 되어 가사를 만들어낸다. 그렇게 3절까지 다양한 버전의 애국가가 탄생했다.

"잠깐! 잠깐! 여기까지. 그럼 마지막 4절을 불러볼까?"

"네? 애국가가 4절까지 있어요?"

한 학생이 처음 알았다는 듯 큰 소리로 말했다. 수업을 준비할 때 일어날 수 있는 모든 경우의 수를 예상하여 수업이 산으로 가지 않도록 철저히 대비하는 편인데 '애국가가 4절까지 있어요?'는 전혀 예상하지 못한 반응이었다. 하지만 당황하지 않고 예상하지 못한 반응을 새로운 수업 활동으로 이끌어냈다. 바로 '애국가 외우기' 챌린지다. 이번 주는 2절, 다음 주는 3절, 그다음 주에는 마지막 4절을 외우기로 했다. 평소 '2주의 시'라고 해서 2주마다 한 편의 시를 필사하고 외우고 있다. 2주의 시에서 필사는 의무이고 암송은 자율이다. 하지만 이번 애국가 외우기 챌린지는 모두가 '꼭!', '반드시' 의무로 참여해야 한다고 선포했다.

나의 기습 제안에 제대로 방어 하지 못한 아이들은 애국가를 따라 쓰며 손이 아프다고 투덜거렸다. 분위기 반전을 꾀하려고 나의 초등학생 시절 애국가를 완벽하게 외웠던 경험을 들려주었다.

"선생님이 여러분 나이일 때 이야기인데 들어볼래? 담임 선생님께서 오늘처럼 애국가를 4절까지 다 외우라고 하셨지. 놀랍게도 우리 반 모두가 일주일 만에 애국가를 다 외운 거야. 그 방법이 궁금하지 않니?"

쉬이 애국가를 외우고 싶은 아이들에게 아주 솔깃한 주제였다.

"잘 듣고 따라 해봐. 이 방법을 사용하면 무엇이든 빠르게 암기할 수 있을 거야. 담임 선생님께서 그냥 외우면 잘 외워지지 않는다며 애국가를 1절부터 4절까지 세 번 읽고, 세 번 쓰기를 시키셨어. 그리고 매일 아침마다 애국가를 불렀단다. 읽고, 쓰고, 노래 부르기를 일주일 반복했더니 신기하게도 반 친구 모두가 애국가를 술술술 부르고 있는 거야."

애국가를 쉽고 간단하게 외울 비법을 기대한 아이들 표정이 이내 실망으로 바뀌었다. '애국가 하나 외우자고 너무 많은 것을 시키는 것 아니냐?'는 눈빛이 느껴졌다. 이어지는 나의 마무리 멘트.

"난 너희에게 한 번 읽고, 한 번 따라 쓰라고 했잖아? 역시 나는 친절한 선생님이야. 맞지?"

아무도 '그렇다'고 대답하지 않은 채 조용히 애국가를 적고 있었다.

선생님 말이라면 일단 믿고 보는 아이들에게 선생님의 학생 시절 이야기를 들려주면 귀를 쫑긋 세워 집중한다. 나의 진솔한 이야기를 들려주기도 하지만 필요에 따라 거짓(또는 다소 과장된) 이야기로 아이들을 유혹하기도 한다. 생활교육을 위해 예전에 가르쳤던 학생을 소환하거나 가상의 인물을 등장시켜 반면교사로 활용할 때도 있다.

"선생님, 그 이야기 정말인가요?"

"그래서 학생은 어떻게 됐어요?"

이번에도 아이들은 나의 이야기에 걸려들었다. 나는 자연스럽게 내가 하고픈 교육 메시지를 전달한다.

"그럼! 정말이지. 그러니까 그 선배처럼 되지 않으려면 우리는 어떤 노력을 해야 할까?"

재미있는 수업과 효과적인 생활교육을 위한 '진실 혹은 거짓' 이야기는 나만의 영업비밀이다.

아이들에게 선생님의 이야기를 들려주세요.

아이들은 선생님의 이야기를 좋아하고 재미있어 합니다. 선생님이 열심히 준비한 수업 활동보다 수업 중간 중간 들려주는 선생님의 이야기에 더 귀를 기울입니다. 선생님만의 이야기를 준비해 보세요. 음식, 스포츠, 영화, 예능, MBTI 등 주제는 다양합니다. 꼭 교육적인 의미 담거나, 재미있어야 한다는 부담도 가질 필요 없습니다. 선생님이 마음을 열고 진솔한 이야기를 시작하면 아이들도 선생님에게 마음을 열고 더 가까이 다가올 거예요.

에필로그

새로운 프롤로그 앞에서

약 20년 전 교육대학교 1학년에 입학했을 때의 일입니다. 어느 날 4학년 선배들이 신입생들이 모여 있는 강의실로 우르르 들어왔습니다. 강의실로 들어오는 30여 명 남짓한 선배들의 표정에서는 왠지 모를 인생의 여유(?)가 느껴졌습니다.

"안녕! 난 ○○○이야. 즐거운 대학 생활 되기 바란다. 술 사 줄게 연락해."

처음에는 모든 인사가 반갑고 따뜻했습니다. 그러나 반복되는 인사말에 지루함을 견디지 못한 채 점점 고개를 떨구게 되었습니다. 그런데 떨어진 저의 고개를 다시 세워준 선배가 있었습니다.

"너희는 이제 대학 생활의 프롤로그를 쓰는 사람들이고, 우리는 이제

에필로그를 쓰는 사람들이야. 올 한 해 너희들의 프롤로그가 멋지게 채워지기 바란다."

고등학생 티를 겨우 벗어내고 대학 생활을 시작했던 제게 그 인사는 꽤 인상적이었습니다. 아직도 그 상황을 기억하고 있다는 것이 그 증거이겠지요.

그 당시에는 참 멋있고 성숙한 선배였습니다. 그러나 지금 다시 생각해 보면 비장함조차도 귀여운 청춘이었다는 생각이 듭니다. 아직도 책에 쓰여 있는 프롤로그와 에필로그를 발견할 때면 용감했고 풋풋했던 그 청춘이 떠올라 혼자 미소를 짓곤 합니다.

"유 선생님, 에필로그를 부탁합니다."

며칠 전 에필로그를 부탁받았습니다. '에필로그'라는 숙제를 앞에 두고 여러 가지 마음이 들었습니다. 무슨 말을 써야 할지 고민이 많아졌습니다. 서로의 글벗으로 살아간 한 달의 시간이 주마등처럼 지나갔습니다. 습도 높은 여름밤은 감상에 젖어 글을 쓰기에 아주 적당한 시간이었습니다.

솔직히 말하자면 에필로그 숙제로부터 점점 멀어지고 싶었습니다. 에필로그를 쓰면 뭔가 다 끝나버리는 듯한 느낌이 들 것 같아서 마음이 무거웠습니다. 최대한 피하고 또 피했습니다. 그런데 갑자기 섬광처럼 한 존재가 머릿속을 스쳐 지나갔습니다. 바로 앞서 소개한 '에필로그' 선배였습니다.

생각해 보니 쓸데없이 비장한 청년은 다름 아닌 바로 저였습니다. 한 달 동안 글벗들에게 4학년 선배처럼 굴지는 않았는지 돌아보게 되었습니다. 고만고만한 20대 청년들이 작은 강의실에 모여 인생의 프롤로그와 에필로그를 논한다는 것은 참으로 귀여운 소꿉장난 같은 일입니다. 그런데 제가 그 소꿉장난 같은 일을 한 것 같다는 생각이 들었습니다. 부끄러워 작은 방에 홀로 앉아 온 얼굴을 붉혔습니다. 그래도 고만고만한 글을 쓰는 동안 우리는 참 젊었습니다. 그 '젊음'이 부끄러움을 상쇄하고도 남았습니다.

'에필로그 선배님은 지금 어떻게 사실까?'

갑자기 청년의 안부가 궁금해졌습니다. 큰 이변이 없었다면 대학 졸업 후 그는 교직 생활을 시작했을 것입니다. 또, 그의 철학에 의하면 이듬해부터 교직 생활의 프롤로그를 썼을 것입니다. 지금은 아마도 본문 작성(?) 중이겠지요.

되돌아보니 우리의 인생은 무한한 프롤로그와 에필로그의 반복임을 알았습니다. 에필로그 후에는 언제나 새로운 프롤로그가 다가오기 마련입니다. 새로운 프롤로그는 너무나 기다렸던 것일 수도 있고, 어쩌면 전혀 생각하지도 못한 것일 수도 있습니다.

지금의 에필로그 덕분에 더 좋은 프롤로그를 만날 수도 있고, 내 맘에 드는 프롤로그를 찾아 새로운 탐색을 시작할 수도 있을 것입니다. 그러나 가장 중요한 것은 언젠가는 더 좋은 프롤로그가 온다는 믿음입니다.

저는 그 믿음을 가지고 있습니다. 우리가 매일 함께한 시간이 선물로 준 믿음입니다. 프롤로그를 쓸 때만 해도 전혀 예상하지 못했던 일들이 벌어졌습니다. 우리는 함께 웃었고, 울었고, 성장했습니다. 그래서 지금 에필로그를 정성껏 쓰는 중입니다. 오늘 우리의 에필로그가 상상하지도 못할 만큼 근사한 프롤로그를 불러올 것을 믿습니다.

앞으로 여러분들에게 다가올 새로운 프롤로그를 응원하겠습니다.

함께 써 주셔서, 읽어주셔서 감사합니다.

그리고 사랑합니다.

슬픔과 연대가 공존했던 2023 여름 속에서
유영미